ココロコネクト キズランダム

庵田定夏

FB
Famitsu Bunko
ファミ通文庫

イラスト／白身魚

前触《まえぶ》れはなにもなかった。

【やっちまえよ】

頭の中で、気持ちが悪いくらいにはっきりとした声が響いた。音が脳内で反響《はんきょう》し、耳の裏から延髄《えんずい》にかけてぞわぞわとした感覚が込み上げた。脳《のう》髄《ずい》に直接語りかけられたようだ。

誰《だれ》だ。

一瞬考え、でも声色《こわいろ》が明らかに自分のものだったことに戸惑《とまど》う。

それと同時、急激に体が熱くなった。

顔が火照《ほて》る。

クラクラと目眩《めまい》がする。

灼熱《しゃくねつ》の中まどろみに取りつかれたかの如《ごと》く、己の感覚が溶けていく。

自分の体が自分から遊離《ゆうり》する。

自分が自分でなくなったようだ。

勝手に体が動こうとする。

なにかに、飲み込まれていく。

けれども意識は飛ばず、明瞭《めいりょう》に思考は続く。

自分の意に反する思いが湧《わ》き上がってくる。それを押さえ込む。しかし跳ね返される。

そうしたいと自分の内で暴れるものがある。衝動《しょうどう》はただ突き上げようとする。

いい加減にしろ。暴れるな。黙《だま》れ。我慢しろ。そんなことやっていい訳がない。

だけど——。

体は動く。動かそうと思っていないのに動く。頭と体が連動していない。したくないのにしたくて堪《たま》らない。……あれ、ということは本当は動かそうと思っている？　だからその通りに体が動く？

自分の意に反する思いが湧き上がってくる？

本当は意に反していない？

【望みを叶えろ】

もう一度、頭の中で声が聞こえた。

絶対的に自分の声で。

でも自分の意思では無くて。

訳がわからない。頭が揺さぶられる。体が沸騰《ふっとう》する。

そして、事態に気づく。

「いつの間に」と、悲鳴を上げそうになった。

でも悲鳴は上がらない。

自分が行おうとしていることに慄然《りつぜん》とする。

やめろと、心の中で叫ぶ。

でも実際に叫び声は出ない。

どこか離れた地点から、隔絶《かくぜつ》された自分自身を眺《なが》めている。

口が動いている。

紡《つむ》ぐ言葉は、自分が望んでいるものではない。

乗っ取られた？　誰に？　なにに？　自分に？

自分に？

体は動く。命令した覚えはない。じゃあなにに従っている？　自分に？

自分に？

待てよ。待てない。待ちたくない？

やめろ。やめたくない？

なにが起こって。

なにがどうなって。

――ああ、止まらない。止まらない。止まらない。止まらない。止まらない。止まらない。止まらない。止まらない。

——止めたくない？

一章　止まらない、止まらない、止まらない

八重樫太一《やえがしたいち》の所属する、山星高校文化研究部《やまぼしこうこうぶんかけんきゅうぶ》（略称文研部）は、学校特有の部活動強制参加を初めとする、もろもろの制度の歪《ひず》みから生まれた部である。部員は一年生のみ五名。標榜《ひょうぼう》するのは『既存《きそん》の枠にとらわれない、様々な分野における広範《こうはん》な文化研究活動』という文言。言い換えれば『なんでもあり』の一言でこと足りてしまう、そんな部だ。

定義のアバウトさに見られる期待にそぐわず、文研部は基本的にとても、ゆるい。一応毎月『文研新聞』なるものを刊行してはいる。が、それも各々の部員が趣味《しゅみ》に走りまくった遊びの延長線上と言えるものでしかない。ぶっちゃけ『遊んでいるだけ』とまとめられなくもなかったりする。

しかし文研部は、ある日突如《とつじょ》として、非日常過ぎる非日常とでも言うべき現象に巻き込まれることになった。

〈ふうせんかずら〉との遭遇《そうぐう》。

部員五人間でアトランダムに起こった『人格入れ替わり現象』。話だけを聞かされたなら、この世にそんなものあるはずがないだろ、とバカにしたくなるような出来事だ。

でも、確かにそれは現実に存在して、太一達文研部員を飲み込んだ。信じたくなくとも起こってしまったのなら信じるしかなくて、逃《のが》れたくとも手段がないのなら堪《た》え忍ぶしかなかった。

悩んだ。苦しんだ。傷ついた。

でも、皆で力を合わせて、なんとか乗りきることができた。

そして極限《きょくげん》状態に陥ったからこそ、たくさんのことを知った。

幸《さいわ》いなことに、全てが終わった後太一達に残ったものは、そんな『たくさんのこと』ばかりだった。

後々まで残る痛々しい爪痕《つめあと》だけは、作らずに済んだのだ。

あれから三週間が経過し、秋も深まった。

確かに恐ろしい出来事として胸に刻《きざ》み込まれたままではあるけれど、太一達にとってあの『物語』は、着実に『昔話』になりつつある。

■□■□■

放課後、下校を促《うなが》すチャイムが鳴った。

「あ〜っやっぱりちょっと終わらなかったじゃねえか、バカ野郎がっ！」

稲葉《いなば》姫子《ひめこ》が乱暴にキーを叩き、ノートパソコンから手を離した。大きく舌打ちしながら、艶《つや》のあるセミロングストレートの黒髪《くろかみ》をがしがしと掻《か》く。

そして稲葉の言葉を合図に、部室棟《ぶしつとう》四〇一号室、文研部部室は天国と地獄に分かれる。

「稲葉ん……わたしは信じてたのにぃ〜」

突っ伏す学年トップクラスの美少女、永瀬《ながせ》伊織《いおり》。机の上で頭をごろごろと振り、それに合わせて括《くく》られた後ろ髪が揺れている。

「いやったね〜！　いくら稲葉っちゃんでもそれはムリだと思ってたのさ〜」

飛び上がる長身優男体型、青木《あおき》義文《よしふみ》。

「つーことで伊織ちゃん、今日の帰りジュースおごってね〜」

青木の小躍《こおど》りに合わせて、パーマのかかった少し長めの髪が弾む。

永瀬と青木が賭《か》けの対象にしていた『時間内に稲葉姫子が文研新聞作成作業を終わらせることができるか』の決着が今ついたのである。

「てゆーか、自分達のせいで稲葉の作業が遅れたのに、よく賭けなんてできるわね、さっきも言ったけど」

引き締まった小柄《こがら》な体に、栗色ロングヘアーの桐山唯《きりやまゆい》があきれ顔で呟《つぶや》く。

「うむ、だよな」

と、八重樫太一は応じた。

このパターンだと、そろそろ天誅《てんちゅう》が下る気がしてならない。

「ふはは〜、勝った勝った〜。稲葉っちゃんだって完璧超人じゃないんだから限度はあるさ〜」

「くっ……稲葉姫子もこの程度だったか」

青木と永瀬は、引き続き好き勝手を言っている。

「ま、だからってそんなに気落ちしないでね、稲葉っちゃん」と青木。

「ま、ちょっとは責任感じて欲しいところもあるけどね、けっ」と永瀬。

まだまだ二人は言いたい放題を続け——。

「黙れそこっ！」

稲葉が二人の目を目蓋《まぶた》の上から突いた。まあ当然の報《むく》いだろう。

いたたたた、と永瀬、青木の二人はじたばたする。

痛がる二人を横目に見つつ、太一と桐山は顔を見合わせて苦笑した。

「でもホント、両の手で二本ずつの指を使い四つの目を正確に突く稲葉って……地味に凄《すご》いわね」

「地味というか……普通に凄い気もするな」

後、口には出さなかったが太一は恐怖も覚えた。

「だいたいテメエらが記事上げるの遅かったからしわ寄せがアタシに来たんだろうが！　おかげで持ち帰りだ！　だから青木、ジュースよこせ」

がしっと青木の肩を摑《つか》み、切れ長の目を細めて稲葉が凄む。

「い、いや、それとこれとは話が別で……」

「あ？」

みしみしとなんだか不吉な音がした。

「りょ、了解いたしましたあああ！」

「だよね、稲葉んが頑張ってくれてるんだから、わたしが買うジュースは稲葉んにいくのが当然だよね、あはは」

「い、伊織ちゃん……寝返るのが早い……。そしてオレはやられ損《ぞん》……」

「損って、あんたがやり直しさせられるような記事持ってくるから悪いんでしょ」

元々キリッと整った眉《まゆ》を更に尖《とが》らせて桐山が言った。

「ね、太一もそう思うでしょ？」

「まあ……、あれはあまりよくなかったかもな、軟派《なんぱ》な感じもするし。やはり俺の『プロレス技術論〜ロープワーク・カメラワーク編〜』のように硬派《こうは》な内容が――」

「ちっ……しまった。振る人間を間違えた……」

「……リアルにぼそっと言われると意外に傷つくな」

桐山が舌打ちするのも珍《めずら》しい。相当いらつかせてしまったのかもしれない。なにが悪かったのだろうか。

「え～、でも『山星高校男子に問う！　文研部女子の誰が可愛《かわい》い！　ここが可愛い！大アンケート！』いいと思うけどな～」

まだまだ青木は未練《みれん》がましそうだ。

「イ・ヤ・よ！　変な注目集めたくないもの。第一誰が可愛いって、断トツで伊織が一番になっちゃうでしょ。伊織に負けたって悔《くや》しくないけど、情けない惨敗《ざんぱい》はお断りです！」

「いやいや唯。最近はロリコン層が増えてるらしいからいい勝負になるって。太一にもその疑惑があるし」

悪意のなさそうな笑みで永瀬はさらりと言う。

「永瀬。それは桐山がロリコン層に訴求《そきゅう》しなければ永瀬に勝てないと暗《あん》に示唆《しさ》し、同時に俺にもダメージを与えるというなかなか高度な毒舌《どくぜつ》だな。そして俺はロリコンじゃねえ！」

毒舌というか、ただただ永瀬は正直なのだ。最近その傾向に拍車《はくしゃ》がかかりつつある。にしても長いつっこみになってしまった。

「なーにを言ってるんだみんなは、伊織ちゃんが可愛いというのは事実だけど、唯にもたくさんの隠れファンがいるんだぜ～」

青木は自信ありげににやついている。

「なんで隠れてるの⁉　ねえ、もしかして本当にロリコンが……！」

桐山がおろおろ怯《おび》えだしたところで、稲葉が机をばんっと叩いた。

「テメエらさっさと帰る準備しろ！　唯一《ゆいいつ》作業してたアタシがなんで一番に片付け終わって待たなきゃならねえんだよ！」

ごもっともだった。


部室棟から出、校門まで皆で歩く。

太陽はだいぶ沈みかけている。運動部も練習を切り上げ始めていた。

「い、稲葉ん。これでよかったですか」

律儀《りちぎ》に約束を守り自販機に走っていた永瀬が、缶コーヒーを稲葉に差し出す。

「ああ。……しかしお前らがバカやったとは言え、金を払わすのは気が引けるな……」

稲葉は鞄《かばん》から財布《さいふ》を取り出そうとする。

「いえいえ、いっつもわたしらが適当にやってるのを、稲葉んにまとめて貰《もら》ってるんだから、これくらいは」

わざとらしく大仰《おおぎょう》な口調で永瀬が言うと、「わかったよ」と稲葉も受け取った。

「結局あんたはなんもなしなのね。一番迷惑かけたのに」

桐山がジト目を青木に向ける。

「うっ……。オレも今度なにかします……」

しゅんと青木は項垂《うなだ》れる。が、すぐに顔を上げた。

「あ～、って言っても、オレの一発目の記事がボツにならなきゃこうはならなかったんだぜ～」

「あんなのボツになるに決まってるじゃない！」

青木と桐山がまたやり始めた時、後ろの方から声がかかった。

「おお、お前ら。五人揃《そろ》って部活終わりか？　ちゃんとやってんだなー、顧問《こもん》として鼻高々だ。なにもしてないけど」

生徒から『ごっさん』と呼ばれ、親しまれている（一部には舐《な》められている）一年三組担任で文化研究部顧問の後藤龍善《ごとうりゅうぜん》だった。軽ノリと適当さ加減は教師として一級品である（褒《ほ》めていない）。

「あ、そうだ。稲葉、永瀬、八重樫」

三人は一年三組なので、担任教師がこの後藤だ。

「実は先生の急な出張の都合上、明日の二時間目と明後日《あさって》の三時間目の授業が入れ替わりになるんだ……ってクラスのみんなに言うの忘れてたんだけどどうしようか……」

「どうしようかじゃねえよ！　せめて授業関連のことだけはちゃんとやっとけ！」

稲葉（生徒）が後藤（教師）に本気で説教を垂《た》れる。この光景を見慣れつつあるという事実がなんとも恐ろしい。

「今回は流石《さすが》に俺も責任を感じてるんだぞ。皆に迷惑かけるし……。明日、科目担当の先生に怒られそうだし……」

「お前どうせ後半が心配のほとんどを占めてるんだろうが」

半眼で稲葉が睨《にら》む。

「ほ、ほとんどじゃないぞ！　大半だぞ！」

「あんまり変わってねえよ！」

そろそろ稲葉の手が出そうだ。太一は仲裁《ちゅうさい》に入ることにする。

「とりあえず回せるだけメール回しときますよ」

「うん、だから安心してごっさん」

永瀬もフォローに回った。

「八重樫……永瀬……、なんていい生徒なんだお前らは……頼んだぞ！」

調子のいい教師（男・二十五歳）だった。

■□■□■

翌日の放課後。

自クラスである三組の教室から、太一と稲葉は文研部部室に向かう。永瀬は掃除当番の日なので、後から来ることになっている。

「お、太一と稲葉っちゃんじゃ～ん」

声をかけられ振り返ると、青木がいた。隣には桐山もいる。

「おお。……ん？　なんか用事でもあるのか？」

二人の進行方向が部室棟とは逆だったので、太一は尋ねた。

「うん、日直当たってたせいでちょっと雑用」

桐山が答える。

「オレもだぜ！　知ってたか太一！　唯とオレは日直が毎回一緒になるほど強い運命の糸で結ばれて――」

「たまたまクラスの女子に『あ』行の女の子が少ないからそうなってるだけでしょ！」

「唯。そーいうのを運命って言うんだぜ？」

「確かにそうかも……はっ！　危ない！　なんか認めかけちゃった！　じ、自分の迂闊《うかつ》さに寒気が……」

「おい、つまり部室には少し遅れて来るということか？」

二人の間に稲葉が割って入った。

「あ、うん、そう。ごめんね、稲葉」

「ふーん……」

桐山と青木が離れて行ってから、稲葉は「昨日……、一人家で作業してやってたのになぁ……」と呟いた。

稲葉の機嫌《きげん》はあまり宜《よろ》しくないようだ。……気をつけなければと太一は思った。

「おい太一。本人達に責任がなくとも待たされるのって凄い腹が立たないか？」

部室棟四〇一号室。太一の向かい側に座った稲葉が、自前のノートパソコンを開きながら言った。

「いや、責任がないのなら怒っても仕方ないと思うが……」

後から来る三人のダメージが小さくなるようにと太一は言ってみる。

「確かにそうだが。でもどうしようもなく怒りが込み上げたりはするだろ？」

「まあ……ちょっとはイライラすることもあるかな」

「そしてその怒りをぶつけたくなるだろ？」

「ならねえよ。意味がないだろ」

「意味ならあるぞ。八つ当たりで自分のイライラが減る」

「んな自慢気《じまんげ》な顔で極悪なこと言うな。イライラを他人に押しつけただけじゃねえか」

「そうやって世界は回ってるんだろ？」

「上手《うま》いこと言っ……えてなくないか？」

「ああ、全然上手くねえよ」

ぴんと背筋を伸ばし、超然《ちょうぜん》とした態度を取る稲葉が口にすると一瞬正しい気がしてしまう。

ふん、と鼻で笑ってから稲葉は続ける。

「そして実は、こうやって太一がちょい困ることをぐちぐち言うことこそがストレス解消だったりするんだよな」

にやりと稲葉は口の端を吊り上げた。

「なんだと……。自身はストレスを和《やわ》らげつつ、かと言って俺に大きな負担がある訳でもない八つ当たりテクニック……。こ、高度過ぎて真似《まね》できる気がしない……」

「……なにマジで感心してるんだよ。バカじゃねえの？」

蔑《さげす》んだ目で見られた。褒めたのに。

「さて、太一も勉強するところだったろ。邪魔して悪かったな」

稲葉がパソコンの画面に向かい始めたので、太一も今日出された数学の宿題に取りかかった。ほとんどの生徒は友達と答えを写し合ったりなんやりでまともにやらないが、太一はきちんと自分でこなすことにしている。

勉強とは、日々の積み重ねなのだ。

黙々《もくもく》とお互いがお互いの作業を進め、しばらく経《た》った頃だ。

稲葉姫子が、服を脱ぎ始めた。

しゅるり、しゅるり。ブレザーから両腕を抜いていく。

意識は手元の数式にやったまま、太一はちらりとその様子を視界の端に映し、すぐまた手元に目を戻した。

ぱさり。

服の落ちる音がした。

もう一度太一は視線を上げて稲葉を見る。

稲葉は足下に落ちたブレザーをそのままに、黒のカーディガンをずぽっと頭から抜いた。

「おい稲葉、ブレザー下に落ちてるぞ」

「ん……、ああ」

ちゃんと聞いているのかいないのかよくわからない、ぼんやりとした表情で稲葉が応じた。顔はどこか赤く、熱っぽい。

カーディガンを脱いだ時の静電気の影響で、日頃は綺麗《きれい》に整えられているストレートの黒髪が、くしゃくしゃと躍っている。

続けて稲葉はしゅっと首のネクタイを解《と》いた。流れるような動作で、今度はブラウスのボタンに手をかける。

ぷつん。

細い指が一番上のボタンを弾《はじ》く。

ぷつん。

二つ目。室内にやたらと大きくボタンを外す音が響く。

ぷつん。

三つ目。

胸元がはだけてくる。普段は人目に晒《さら》されることのない部分の肌までが、露出《ろしゅつ》されていく。

彩度《さいど》の異なるブラウスの白と肌の白。

その白一色の世界に、はっとするほど強烈な存在感を放つ濃密《のうみつ》な色が浮かび上がる。

黒い、ブラジャー。

ふりふりとした飾りなどはついていないが、全体に幾何学《きかがく》模様があしらわれている。

特に谷間のところは、部分的に下の肌が透けるほどの薄さになっていて、見る者の目を釘付《くぎづ》けにする吸引力を放っていた。

と、そこまできて太一は、しばらく停止させていた思考を再開させ、思う。

なんだ、これは。

どういう状況なんだ。

動かすことを忘れていた口を開く。

「お前なんでいきなり服脱いでるんだよ！　寒いだろ、部室だぞ、家じゃないぞ、俺もいるぞ⁉」

つっこみが随分《ずいぶん》遅れてしまったことに慌てつつ、太一はまとめて矢継《やつ》ぎ早《ばや》に言った。

けれど、稲葉は太一の言葉に反応を示さない。

稲葉が、全てのボタンを外しきる。

「おいっ！　待て！　一旦落ち着くんだ稲葉！　せっ、背中でも痒《かゆ》いのか⁉　と、とにかく早く、服着ろっ！」

しかし太一の訴えとは裏腹に、稲葉はブラウスの胸の辺りを握ると、ばっとはだけさせ、背中の上半分を外気に晒した。

白くて、細くて、なめらかな肩が艶《なま》めかしい曲線を描く。

稲葉は腰と腕に半脱ぎのブラウスを巻きつけたまま、乱暴に目の前のノートパソコンを脇にどけた。

そして椅子《いす》から腰を浮かすと、机の上に左膝《ひだりひざ》を立てて強引に身を乗り出してきた。

ぎしり。

机が軋《きし》み、稲葉が完全に机の上に乗る。

目と鼻の先に、上半身を半裸《はんら》状態にした稲葉が迫る。

太一は声を失い、ただ固まる。

ほとんど黒のブラジャーしか身につけていない上半身を見るのは不味《まず》いと、太一は反射的に稲葉の顔だけを視界に映す。

いつもはどこか冷たい顔が、熱を帯びて、朱に染まって、切なそうな表情になっている。

「……お前も早く脱げよ」

目と目を合わせて言われた。

一瞬、息が止まった。

「脱げってなんでだ!? なにをする気だ!? ここは学校だぞ!? するにしてももうちょっと適《てき》した場所が……って俺はなにを言ってるんだ! いや、違うぞ、勝手に変な想像なんてしてないぞ! だっ、だからとりあえず服を着よう、な?」

自分でもなにを言っているのか意味不明だ。

「脱がなきゃできないだろ?」

女性にしては少々低めで芯《しん》の通った声が、この上なく艶っぽい雰囲気を醸《かも》し出す。

「だからなんでそんな言い方を……待った! 今のなし! どっ、どうせあれだろ? そうやって俺が勘違いしたところで『バーカ、騙《だま》されてやんの』とか言って俺をおちょくることでストレス解消しようって腹だろ? ははっ……、なにもそこまで体張らなくても——」

ぎゅっ。

腕を摑まれた。太一はもう言葉を発せられなくなる。稲葉の繊細《せんさい》でやわらかな手に触れられている部分だけが異様に、熱い。

「ほら……」

稲葉が太一の手を引き寄せる。強い力で引っ張られている訳ではないのに、抵抗することができない。吸い寄せられるようにして、手は一直線に稲葉の胸に向かって——。

「そっ、それはシャレじゃ済まなくなるって！」

稲葉の黒いブラジャーで覆われた膨《ふく》らみに到達する直前、太一は思い切り自分の腕を引いた。

と、引っ張った腕にはまだ稲葉の手が絡《から》みついたままで——。

「え？　あっ……」

——バランスを崩した稲葉が勢いよく太一の方に飛び込んでくる。その体重を支えきれず、椅子に座った太一の重心が後ろに傾《かたむ》く。

「うわっ！」

けたたましい音を立ててパイプ椅子と机を蹴《け》散《ち》らし、二人はもつれるようにして床に倒れ込んだ。

「ぬほっ⁉」

固い床と稲葉の全体重にサンドウィッチされ、太一の肺からありったけの空気が押し出された。

「あだだだ……！　っ……おい、大丈夫か……うぬおっ！」

とっさに稲葉をかばおうとしていたらしい太一は、下敷きになりながらも稲葉の背中を抱くような格好《かっこう》になっていた。

「さ、触るつもりはなかったんだ！」

太一は目を瞑《つぶ》り、慌てて密着している稲葉の体を押しのける。

もにゅん。

と、手になぜか未だかつて一度くらいしか体感したことのないような、不思議なほどふわふわとした感触《かんしょく》を覚える。

目を、開く。

太一の両の手の中に、稲葉の胸があった。

衝撃で脳がフリーズし、太一は絶句して静止する。

するとその時、部室の扉が開いた。

ちらりと、太一は扉に視線を動かす。

入り口のところで、桐山と青木が凍《こお》りついていた。

彼らの目には、『半裸状態の稲葉姫子が、仰向けになった八重樫太一に馬乗りになり、更にその稲葉の胸を下から太一が揉《も》んでいる』という想像するだにおぞましい光景が映っていることだろう。

「いやあああああああああ！　あんたらなにやってんのよおおおおおおおおおおお！」

桐山は『これがあらん限りの叫びだ』と言わんばかりの大声を上げた。

そうなるのも当然だろう。

極限状態のあまり逆に冷静になった頭で太一は思う。

「離れなさい！　離れなさい！　離れなさいっっ！」

最早《もはや》ヒステリー状態の桐山が叫ぶ。

「お、おい唯、ちょっと落ち着けって、な。気持ちはわかるけど」

あまりにも桐山が騒ぐので青木はなだめる方に回っていた。

「わかって――うぐほっ!?」

太一が言いかけたところで稲葉が急に立ち上がり、太一のお腹を踏んづけた。

謝る気配もなく稲葉は脱いだ自分の制服を取りに行く。

焦《あせ》る気持ちはわかるがだったら最初から脱ぐなとか周りをもっと見ろとか、ありったけ小言を並べてやろうと太一は思い――、その気持ちはすぐに消える。

服を拾い、胸に抱えながらブラウスのボタンを直す稲葉の手が、尋常《じんじょう》じゃなく震えている。顔面も、蒼白《そうはく》だ。

声をかけると、今にも卒倒《そっとう》してしまうんじゃないかと思えるほどだ。

さっきの行動を含め、稲葉はどう見ても普通の状態ではなかった。

「で、あんた達。どーゆうことなのよ?」

稲葉の様子を気に留《と》めることもなく桐山が問うてくる。

元天才空手少女の普段から多少つり気味の目が、今は鬼のようにつり上がっている。

しなやかな筋肉がつく小柄な体からは、煮えたぎるような怒りが発せられ、栗色のロングヘアーは怒髪天《どはってん》を衝《つ》きそうな勢いだ。

「ちょ、ちょっと待ってくれないか。俺達の方でも整理が――」

なんとか時間を稼《かせ》ごうとした太一の言葉は、木片が破砕《はさい》する音に遮《さえぎ》られて途切れた。

崩れゆくものが、床を叩く。なにかが壊れていく音が部室中に反響し、やがてやんだ。

「さっさと言いなさいっっっっ！」

桐山唯が、己の拳《こぶし》で、二台ある内の倒れていない方の長机を、真ん中から叩き割っていた。

明らかに、やり過ぎている。

いくらなんでも、異常なまでにやり過ぎている。

「唯！　どうしちまったんだよ、唯っ！」

隣にいた青木が切羽《せっぱ》詰まった様子で声をかける。

その声を合図に、かっ、と見開かれていた桐山の目が緩《ゆる》んだ。赤く染まっていた顔に、白さが戻ってくる。

「なんで……なにが……？　痛いっ！　手……、血。え？　机……これやったの、あたしだよね。夢じゃない……なにこれ？　……どうして、そんな、違う。あたしここまで怒ってなんかない……。なんで……？　恐いよ……恐い」

見る見る目に涙を溜《た》めて、桐山はがたがたと体を震わせる。

そこに最後の文研部員が到着する。部長の永瀬伊織だ。

「よーっす……って机ぇええええ!?　どうしたの!?　なんでぶっ壊れてんの!?　てか部室がめちゃくちゃ……待って！　唯、血、出てる！　見せて！」

永瀬はダダッと桐山に駆け寄り、素早く傷口を確認する。

「うん……ちょっと切れてるだけだね。水で洗ってから保健室に消毒して貰いに行こ、ね？」

「い……伊織……う、うわーん！」

「おーいおい、どしたどした、痛かった？　大丈夫、だーいじょぶだから、ね」

子供のように泣き出してしまった桐山の小さな体軀《たいく》を、永瀬がぎゅっと抱きしめて包み込んだ。よしよしと、栗色の髪を梳《す》くようにしてなでつける。

「ほらっ、太一と青木と稲葉んも、なにぼさっとしてんの。早くこれ片付けて、先生にも報告しに行く！」

後から来た永瀬がてきぱきと行動したおかげで、形だけは事態に収拾がつけられた。

結局、その日は片付けを終えるとすぐ解散することになった。

■□■□■

帰宅して、その日の夜。

太一は自室で一人、ただぼうっと今日あったことを考えていた。

稲葉が太一を誘惑しようとしてきたこと。

桐山の怒り方が度を過ぎていたこと。

どこかあの時の二人は、冷静さを欠いているように思えた。後で少し話を聞いても、二人共「自分達はやりたくなかったしやるつもりもなかったのにやってしまった」などと言うだけで要領《ようりょう》を得なかった。

なんだったんだろうか。

考えるが答えは出なかった。

それにしても、と太一は思う。あの時永瀬が冷静に対処してくれて助かった。混沌《こんとん》とした部室に、遅れて永瀬が入ってこなければどうなっていたことか。本当に、やる時はなんだかんだ頼りになる奴だ——。


【このままでいいのか】


突然、声が聞こえた。

どこか室外から届いたか。——違う。

空耳か。——違う。

自分で発したか。——違う。

脳内で音声が再生されただけか。——違う。

鼓膜《こまく》を震わせることなく、直接頭で声が響いたか。——そうだ。

なんだ、今のは。

気のせいだと思いたかったが、気のせいだと思うにはあまりに明瞭《めいりょう》だった。

寒気《さむけ》がした。

耳以外から、聴覚《ちょうかく》情報を得ることなどできるはずがないのだ。

すると今度は急激に体が熱くなり出した。寒気はすぐに吹き飛び、熱に侵《おか》されたように現実感が消失した。

自分が自分でなくなったようだった。

自分が自分から離れていって、でも意識は残ったままで、――どういう訳か脳裏《のうり》は永瀬伊織の姿で埋め尽くされた。

若干丸顔気味だが綺麗な顔作り。透明感のある白い肌。ぱっちりとした瞳《ひとみ》。整った鼻梁《びりょう》。後ろでちょこんと括られたさらさらの黒髪。細くて均勢《きんせい》の取れた理想的な体つき。

正体不明の衝動《しょうどう》に太一は突き上げられた。

一つの感情が他の全ての意思を凌駕《りょうが》する。

そうしようという意志を持った覚えは、ない。

だけれども己の体は行動を始めた。

携帯電話《けいたいでんわ》を引っ掴んだ。部屋を飛び出し二階から一階へ降りた。同時に携帯電話も操作する。

止《と》めよう、やめようという意識はあった。でも内で暴れる意思の方が強い。二つの思いのつばぜり合いは瞬時に決した。

階段を降り切る。廊下を走る。玄関で靴を履き、扉を開けた――ところでふっと熱が冷めた。

自分の感覚が自分に戻ってくる。どこか自身を内から眺めているような違和感《いわかん》も消え去った。自分をここまで導いた衝動ももうない。

太一はただ玄関に立ち尽くした。

溶けそうな熱さだったはずの体は、何事もなかったように正常である。しかしあれだけ急激な変化があったのに、後に残るものが一切ないというのは逆に気味が悪い。

携帯電話を確認すると、『永瀬伊織』の項目が呼び出されてあった。

そして正気を取り戻した体で、事態を飲み込めないまま自室に引き返した。

崩れるように座り込んで、床に胡座《あぐら》をかく。

先ほどの現象は、なんだったのか。

自分の意識を離れたなにかに引っ張られるようなあの感覚は。

再び携帯電話を見る。『永瀬伊織』の項目がまだ表示されている。

自分の体は、永瀬になにかを求めようとしていた？

その時、携帯電話がテクノの先駆けともてはやされるプロレス入場曲を響かせた。

「うおっとお!?」

驚いて太一は一度携帯電話を取りこぼした。慌てて拾い上げ、着信相手を確認する。

どくん。心臓《しんぞう》が跳ねた。

電話の相手はまさしく、今頭の中に思い描いていた人物だった。

やたらと心拍数《しんぱくすう》が高くなる胸を押さえつつ、太一は通話ボタンを押す。

「もしも――」

『ねえ太一聞かせて！　わたし達って！』

永瀬はいきなり叫んだ。

『……わたし達って……？』

かと思うと、急激に消え入りそうな声になった。

「ど、どうしたんだ永瀬？　なにかあったのか？」

『なんで……。あ……いや……その。こ、こんばんは』

「あ、ああ、こんばんは」

しばしの沈黙《ちんもく》。

『いや～、えーと……今日は大変だった、よね？』

「ああ、そうだった、な」

また沈黙。

しばらくすると唸《うな》り声が聞こえてきた。

『あ～～～～～～～～っ、ゴメン！　なんかゴメン！　よくわかんないんだけど気づいたら太一に電話かけてたんだ。急にどーしても太一と話さなきゃならないって気がして、最早勝手に体が動くみたいな感じで……』

勝手に体が動く。

まるで、今太一に巻き起こったものと同じことが起こっていたと、言わんばかりだ。
「じ、実は俺も……ちょっと前、そうしようと思ったつもりもないのに……なんだろう
あれは……永瀬に会いに行くか、電話で話をするかしたくなって……」
『うん、ゴメン！　意味わかんないよね……って、え？　……太一も？』
そうなのだ。あの時自分は、永瀬に話を聞く必要がある気がしてならなかったのだ。
自分の意思を無視して、その気持ちが暴発する勢いだった。
じゃあ『その気持ち』はどこからきたのか。
自分の意思を無視しているのだから、どこか外から？
いや、『その気持ち』自体は自分のもののような気がして——？
『なんだろ……これ？　なんか、変じゃない？』
「なん……だろうな」
永瀬も太一も、同じ疑問を口にする。
瞬間、太一の脳裏に、どこかおかしかった稲葉と桐山の様子がフラッシュバックした。
不気味な黒い影が、頭の端にちらりと映る。
『ま……わかんないから話戻そ。……ん、いや戻るってどこに戻ればいいんだ……って
かそもそもなにも話始まってなかった！』
「……あのさ、永瀬は俺と話さなきゃならない気がしたんだよな？　初めに『聞かせ
て』とか言ってたし。……で、それは具体的になんなんだ？」

『うっ……と、そ、それで言えば太一もわたしと話したかったらしいけど、なんで？』

「おっ……俺は……」

体が熱くなり、体が勝手に動き、自分が自分でなくなったような気がした時、自分を突き上げていたもの。それを思い返し、見つめてみる。

本当に、今日何度目かのという無言の間が降りる。そしてほぼ同時。

「あの時の告白が——」『あの時の告白って——』

「あ」『あ』

発言がかぶったことに対するリアクションまで綺麗にかぶった。

『えーと……た、太一も同じ話……っぽいね』

「お、おう……。ちゃんと確かめなきゃとは思ってたんだが……、あの後すぐはバタバタしてたのもあって、ついうやむやにしてしまって……」

人格が入れ替わるという極限状態の中、二人の心は確かに一度繋《つな》がったはずだ。あの時の出来事が嘘《うそ》っぱちだなんて、決して思わない。

けれども、あの時の状況はあまりにも非現実的過ぎた。まるで、その時の自分達は、映画のキャストだったように思えてしまう。

だからあの時のお互いが好きだという告白も、極限状態における、一種の気の迷いではないのか——それは『そんな場合じゃねえだろ！』という大ピンチの中結ばれる、映画のヒーローとヒロインがよく遭遇しているいわゆる吊り橋効果ではないのか——そんな風に感じられてしまうのだった。

それにあの時の思い出は、平凡なる日常で触れてしまうには、あまりにも美し過ぎた。不用意に触ると、なんだか汚《けが》してしまう気さえして。

『あの時からっっ！』

勢いあまったような大声を永瀬が発し、それから再び急速にしぼむ。

『……太一の気持ちは……変わって……ない？』

また先に勇気を出したのは、永瀬だった。

少しだけ、自己嫌悪《じこけんお》になりかけて——すぐ思い直す。そんな暇があったら一歩だけでも、進むべきだ。せめて、力強くはっきりと言おう。

「変わってない。あの時の気持ちを、俺はずっと変わらず持っている」

——お互いに好きだと言って。

——でも付き合っている訳ではなくて。

『……そっか。その、わたしも……です』

二人の言葉が途切れる。

でも今までと違って少しも嫌な感じがしない。むしろ心地よい。いや、心地よいを通り越してむしろ——。

『……あの〜……なんか今わたしすっげー…………………ハズいんですけど』

「……俺も、……結構きてる」

こういうところで押せないから、宙ぶらりんな関係が続いている気もするのだが。

『きょ、今日はここまでにしておこうか！　なんか、うん、そうしよう！』

「お、おお、そうしよう！」

へたれだな、と思うも、太一はなにもできなかった。

『じゃ、変な電話ゴメンね！　ばーい！』

「え、おいっ、永——」

太一の返事を待たずに電話は切れた。

仕方なく太一は携帯電話を閉じる。

今日起こったこと、永瀬のこと。二つのもやもやは残ったままだ。

太一はうーんと唸りながら頭を掻いた。

その時ふと、視線を感じた。

扉の方を振り返る。

ちょこんと、頭が飛び出している。

ゆるゆるとしたウェーブのかかったセミロングの髪。くりくりしたあどけない目。

『算数』と大きく書かれたノートを胸元に抱えた小学五年生になる妹が、半開きの扉から、じーっという音が聞こえてきそうなくらいに太一を見つめていた。

「ど、どこから見てた……？」

「えーと、電話が鳴った時にびっくりしてお兄ちゃんが携帯落としたとこから。あ、でもその前の携帯を見つめて固まってるとこもちょっとだけ見た」

「ほとんど全部見やがったんだな、こんちくしょう！」

小五の妹に変なシーンを見られてしまった。五歳年上の兄としての威厳《いげん》が……。

「ね、お兄ちゃん。今の電話の人……彼女？」

「か、彼女などではない！」

なぜか時代劇《じだいげき》っぽい口調になってしまった。

「照れちゃって〜。お兄ちゃん可愛い〜」

「だから年上をからかうでない！　……ってちょっとタンマ、今のなし！」

いかん、焦り過ぎだ。太一は落ち着こうと一つ深呼吸を入れる。その間も妹はきゃっきゃっと笑う。

「へ〜、でも安心したよ。ちょっと前も、お兄ちゃんなんだかすっごいヘンになる時があってさ、病院行った方がいいんじゃないかって思った時もあったけど——」

文研部五人の間で、人格が入れ替わっていた時の話だろう。

「——ただの恋煩《こいわずら》いだったんだね」

もの凄く勘違いされていた。

「コラッ！　そのなんでもかんでも恋愛要素に絡めて考えなきゃ気が済まない最近の若い女性の流行に乗るのはやめなさいっ！　後『恋煩い』なんて言葉どこで覚えた！」

「あはは、『最近の若い女性』ってお兄ちゃんじじくさ〜い」

「じっ、爺臭《じじくさ》いだと……！　おっさん臭いならまだしも……」

ちょっとショック。

「ま、そういうことなら、これからお兄ちゃんが少しヘンになっても、『恋の病《やまい》だから温かく見守ってあげて』ってお父さんとお母さんに言っといてあげるね」

「よ、余計なお世話はいらん！」

両親と妹がそんな家族会議を開いているなんて嫌にもほどがある。

「けどホント、やっとこれでわたしも安心して彼氏作れるよ。ということでわかんないとこあるから宿題教えて、お兄ちゃん」

「ま、待ちなさい！　か、彼氏を作るなどまだお前には早い！　いいか、そこら辺については一度お兄ちゃんとじっくり話し合って――」

「はいはい、後で好きなだけ聞いてあげるから、今はこの問題見ーて」

「や、約束したぞ！　後なにかそっち方面で進展があったらすぐお兄ちゃんに知らせるんだぞっ！」

「も～、どこの年頃の娘を持つ父親よ～」

そんな感じに近頃マセ始めた妹の言動にハラハラさせられつつ宿題を見てやり、夕食を取って、テレビを観て、風呂に入って。いつものようにスケジュールをこなしていく。

そしていつの間にか、今日あった文研部員の中のおかしさに対する危機感はだんだんと薄れていった。

確かにおかしかったけれど、別に、人と人の人格が入れ替わっている訳でもない。
だから、なにか重大な事態が起こるのではと心配する必要もない、そう思った。
いや思ったというよりも、たぶん、ただ信じたかったのだ。
けれどもそれは、大きな間違いであった。

――翌朝、桐山唯と青木義文が警察に補導《ほどう》された。

二章　気づいた時には始まっていたという話　その二

次の朝登校する八重樫《やえがし》太一《たいち》の足取りは重かった。

永瀬《ながせ》伊織《いおり》と顔を合わせるのも気まずい。しかしなにより、稲葉《いなば》姫子《ひめこ》と顔を合わせるのが気まずかった。稲葉の方はいったいどんな顔をしてくるのか。とにかく絶対に胸だけは見ないように自制すべきだ、そう太一は考えていたが——その悩みは徒労《とろう》に終わる。

「マズいぞ、唯《ゆい》と青木《あおき》が警察に補導《ほどう》されたらしい」

教室に入ると同時、真っ青な顔をして駆け寄ってきた稲葉が言った。

警察。補導。

あまりお世話になりたくない単語のせいか、太一もすぐには意味が飲み込めなかった。

「は？　いや待て、なんだそれ？　ていうか、唯と青木って……桐山《きりやま》唯と青木義文《よしふみ》のことか？」

「それ以外いるかよ、バカ。とにかくこっち来い」

稲葉は太一をずるずると引っ張って、自分の席まで連れて行く。

そこには呆然《ぼうぜん》とした様子の永瀬が座っていた。どうしよう……、と蚊《か》の鳴くような声で呟《つぶや》いている。

「なんで……。というか、今はどうなってるんだ？　補導ってどういう状況なんだ？」

「知るかっ。とにかく、そういう話が今職員室で議題に上っていることは事実だ」

「本当かよ……。連絡は取ってみたのか？」

「ダメ……、だった」

永瀬が携帯電話《けいたいでんわ》を握りながら言う。

「そうか……。くそう、誰《だれ》か少しでも事情を知っている奴はいないのか……」

「呼んだかしら」

思ってもみなかった返答に、太一は驚いて振り返る。

後ろは纏《まと》め上げ、前は持ち上げておでこを出すスタイルの髪型《かみがた》に、キラリと輝くメガネがトレードマーク。

ただの模範的《もはんてき》優等生と見られていたが、なぜか最近元々高かったカリスマ的指導力《しどうりょく》を開花させ、クラスで大きな影響力を誇《ほこ》るようになると共に、これまたなぜか『恋愛マスター』という称号《しょうごう》をいつの間にか得て、同級生の恋の相談を多く引き受けていると噂《うわさ》される、一年三組学級委員長、藤島麻衣子《ふじしままいこ》だ。ちなみに藤島曰く、「私が目覚められたのはあなた達（太一達）のおかげよ、感謝してるわ。あなた達は一人の人間の大いなる扉を開いたのよ。誇りに思いなさい」ということらしい（意味がわからない）。

「あの……だ、誰も呼んでない気がするんですけど藤島さん？」

びくびくと怯《おび》えた様子の永瀬が言った。一度藤島になにやらされたことがあったらしく、それ以来永瀬は藤島を苦手にしていた。ちなみに永瀬について藤島曰く、「私には果たすべき使命ができたから。安心しなさい、優先順位的に一番じゃなくなっているわ」ということらしい（じゃあ何番なのかは不明）。

「あら、桐山さんと青木君のこと知りたいんじゃないの？」

「なにか知ってんのか藤島！　教えろ！」

「人にものを頼むのに命令口調ってどうかと思うわよ、稲葉さん」

「ぐっ……。……教えて下さい……藤島さん」

我《が》と押しの強い稲葉にも藤島は全く動じない。稲葉より一枚上手の感すら漂《ただよ》わせるから恐ろしい限りだ。

「そうね。永瀬さんを二時間レンタルさせてくれたら、考えてあげてもいいわ」

「もっへぇい⁉」

永瀬が聞いたこともないような奇声を発して飛び上がる。

「そっ……そいつはちょっとどうかと……あははー……」

「安いものじゃないの？　永瀬さんも悦《よろこ》んでくれると思うんだけど」

藤島の手が触手《しょくしゅ》のように怪《あや》しくうごめく。

「おい藤島！　それは汚くないか⁉」

太一が叫んだ——その時だ。

【触れるな】


頭の中で声が響いた。

また、再び。

急激に太一の体が熱くなり始めた。

不味《まず》い。体から徐々に遠ざかる気配がある。でもはっきりと意識は保たれている。

昨日と同じこの感覚。今沸《わ》き立つ感情。二つが合わされればどうなるか。

自分はなにを起こそうとしているか。

やめろ。思うが止まらない。

太一は藤島に向かって一歩踏み込む。

手を持ち上げる。

嘘《うそ》だろう。なにをしている。確かに太一は意識する。だがしかしそこに別の意思が感じられ、体の支配権はその意思の下にある。

ダメだ。

太一は右手を藤島に対して突き出そうとして——。

——がしりと稲葉にその手を掴《つか》まれた。

「お前、それ、どうするつもりだよ」

冷たい瞳《ひとみ》で稲葉が太一を射すくめる。稲葉は強い力で太一の手首をぎりぎりと掴んで放さない。右手の感覚がおかしくなりそうだ。

　意識はあるのに無意識に、太一は稲葉の手を強引に振り解く。切迫《せっぱく》した顔で稲葉は太一の手を押さえつけようとする。

業《ごう》を煮やし、太一は思い切り腕を引っこ抜いた。

そして――だがそこで――太一はぴたりと動きを止めた。

体から熱が消える。体を突き動かしていた意思の存在が感じられなくなる。

ぞくっ、と太一の背筋に寒気が走った。

稲葉は、静かに太一のことを見つめている。

「……八重樫君はなにをしているのかしら？　ダンスの練習？」

平然とした表情で藤島は聞いてきた。

「そういう……訳じゃないんだが……」

冷や汗がダラダラと流れる。頭は混乱していて整理が追いつかない。

「で、どうなの？　永瀬さん」

「お前まだ言って……」

とてもじゃないが強くは出られず、太一の声は途中でしぼむ。

「いや……、大丈夫だよ、太一……。それで唯と青木のことがわかるなら……う〜〜〜っ、……よし、わかった！　二時間でも三時間でもやってやるって！　だから唯と青木のこと、教えてくれっ、藤島さん！」

「なんて、嘘よ。そんなことしなくたって教えるに決まってるじゃない」

永瀬は机に突っ伏した。

「うーそーかーよー！　わたしの決意が〰〰〰〰！」

「変なとこで変な嘘つくなよっ、藤島！」

太一もつっこむ。先ほど湧《わ》き上がった恐ろしい衝動《しょうどう》の記憶を無理矢理頭の隅《すみ》に押しやる。早く忘れてしまいたい。

「あら、私なりのユーモアだったんだけど、伝わらなかった？」

「ならせめて真顔で言うのはやめて下さい……」

頬《ほほ》を机にへばりつけたまま永瀬が言った。

「だって、みんな酷《ひど》い顔してるんだもの。ちょっと和《やわ》らげてあげようと思うじゃない。……でもここまで嫌がられるのは予想外だったわ……」

藤島が悲しそうな顔で目を伏せた。どうやら藤島も人の子らしい。

「で、藤島はなにを知ってるんだ、教えてくれ」

いい加減稲葉が本題に入った。

「ああ……そうね。じゃあ順に話すわ。今朝ね、原因は未確認だけど、中央駅《ちゅうおうえき》でうちの女子生徒が、不良《ふりょう》校で有名な秋高《あきたか》高校の奴らに絡《から》まれちゃったらしいの。で、朝っぱらで人も多いのに結構もめたらしくて、周りの人も駅員呼んだ方がいいんじゃないか、ってくらいにまでなった時、……疾風《しっぷう》のように救いが現れて不良共をボコボコに蹴散《けち》らした」

「それってもしかして……」

永瀬が呟く。

「そう、あなた達の部の桐山唯さんよ」

桐山が不良を蹴散らした？

「その……不良ってさ、当然……男、だよな？」

太一は尋ねる。

「不良ってだけですぐに男と判断しない男女平等主義なところは感心だけど、この文脈で不良が女ってことはなかなかないんじゃないかしら？　ええ、桐山さんが蹴散らしたのは男よ」

桐山が男を蹴散らした？

触《ふ》れるだけで震えが出るくらい男性恐怖症の桐山が男を蹴散らした？

近頃いくらか改善してきたらしいとはいえ、そこまで回復してもいないはずなのだが。

「それで？」

顔を引き締めた稲葉が先を促《うなが》す。

「そこまでなら拍手喝采《かっさい》……だったんだろうけど、桐山さん、ヒートアップしちゃったみたい。不良連中を多少ボコボコにし過ぎちゃって。で、そうなってくると騒ぎで集まってきた秋高高校の奴らも『うちの学校の奴がやられてる！』って感じで乱入して……という感じね。最終的に六人くらいの男が桐山さんにのされちゃったらしいわ」

怒れる小型猛禽《もうきん》のように暴れている桐山の姿が思い浮かぶ。

「ま、非があるとは言えないけど、そこまでいくとやり過ぎよね。ということで、とりあえず桐山さんは事情を訊《き》く意味でも警察に行くことになったんだけど……。あ、補導って聞いて逮捕《たいほ》されたみたいなこと思ってたかしら？　年少者に対する警察の活動はだいたい補導って総称されるのよ、豆知識ね。……で、そこで区切りがつくはずだったのに、今度はまた別の乱入者が現れた」

「青木、か」

先回りして稲葉が言った。

「そ、詳細は知らないけど、桐山さんのことを『どこに連れて行く気だ！　放せ！　返せ！』とまあ結構な大立ち回りだったらしいわ。彼ってキレると見境なくなるタイプなのかしら？　それで青木君も警察に連れて行かれることになってしまった、という訳ね」

青木は基本的にバカキャラだが、決して人に暴力を振るったりする人間ではないし、必要なところでは案外冷静に行動できる人間のはず、なのだけれど。

「まあ大した心配はしなくても平気よ、たぶん。桐山さんも青木君も悪気があった訳じゃないだろうし、あっても厳重注意くらいでしょ。自校の生徒を守ろうとしての行動なんだから、学校もなにか処分を、ってことにはならないと思うわ。というか、この件で桐山さんの株は相当上がるはずだから、処分なんてことしたら生徒の反発凄《すご》いだろうし、なにより――」

藤島は言葉を切って、意味ありげな視線を稲葉に送る。

「――アタシが許さねえし、どんな手段を使ってでも回避させてやるよ」

にやりと、稲葉が唇《くちびる》を吊り上げた。

「だと思った。もし仮にそうなったら、その時は私もいくばくか力添えするわ」

ウフフフフ……、とこの学校全体を含めても屈指《くっし》の実力者であろう二人が顔を見合わせて笑う。正直かなり、不気味《ぶきみ》だ。

「あー、それとちょっと気になったんだが、藤島はどこからこの情報入手したんだ？　誰か知り合いに目撃者でも？　かなり正確みたいだったからさ」

稲葉が訊いた。

「いいえ。ただ父親がそこそこ階級が上の警察官をやっている、それだけの話よ。ああ、だからもし万が一の時は私が口添えしてあげてもいいわ」

さらっと、結構凄いことを言う藤島。父親の立場ももちろんだが、なによりその父親に影響力を行使《こうし》できる藤島が恐ろしかった。

「へえ……こりゃいいこと聞いた。すげえ使えそうなコネクションだ」

稲葉がにんまりと悪徳商人のような笑みを浮かべる。

「良識《りょうしき》の範囲内で活用するならいつでもどうぞ。もちろん対価は貰《もら》うけど、稲葉さんならお安くしておくわ」

「そりゃ、ありがたい」

ウフフフ……、ともう一度顔を見合わせて二人は笑った。

何人たりとも割り込めないような、おどろおどろしい雰囲気が漂っていた。妖気《ようき》くらい出てそうな気がする。

そこでチャイムが鳴った。

一時間目終わりの休み時間、太一は稲葉の席に向かった。

「稲葉、さっきはありがとう」

話しかけると、腕を組み目蓋《まぶた》を閉じていた稲葉が、ちらりと目を開いた。

「なにがだ？」

「……朝、俺を止めようとしてくれただろ？」

具体的になにを、とは言えなかった。口に出してしまえば、自分がなにをしようとしていたか、認めなくてはならなくなる。

あんな衝動、認められるか。

「あの時お前の頭の中で……【声】、聞こえなかったか？」

稲葉に問われ、太一は息を呑《の》んだ。

そうだ、【声】が聞こえたのだ。【声】を契機《けいき》に謎《なぞ》の衝動に取りつかれ、体が勝手に動き出したのだ。

自分の意思を無視して。

ボールが飛んできたので無意識で避けた、といったレベルを明らかに超越《ちょうえつ》した強度で。

「ああ……確かに。でもなんで、俺の中で【声】が聞こえたってわかるんだ？　あの時稲葉にも聞こえていたのか？」

「そうじゃねえよ。『お前の頭の中で』って言ったろ？　……あの時じゃないけど、別の時にアタシにも同じようなことがあった」

「稲葉も……かよ。【声】が聞こえて、やろうと思ったつもりのないことをやってしまうような……」

言い切る前に、黙《だま》って稲葉は頷《うなず》いた。

もう、決定的になにかが起こってしまっているのではないか。

『日常』の世界から自分達ははみ出しつつあるのではないか。

不吉な予感が、頭の中を駆け巡《めぐ》る。

稲葉は溜息《ためいき》を一つ吐く。

「……まだ、状況はわからない。ただの過剰《かじょう》反応かもしれない。だが、覚悟だけはしておけ」

稲葉の言葉は、この上なく重々しかった。

「わかった」

「とりあえず今日部室に集まって、一回話し合おうか。放課後までに唯と青木も登校してくれればありがたいんだが、まあ来なかったらその時はその時だ。……ふん、これだけ杞憂《きゆう》だと思いたいことも珍《めずら》しいな」

「だな……」

「アタシ達に今できることは、祈ることくらい、か」

そのセリフは、事態の完全掌握《かんぜんしょうあく》を信条とし、必要とあればどんなことでも己の力で成し遂げようとする稲葉には、あまり似つかわしくなかった。

■□■□■

またしても突然だった。

いや確かに、おかしさというものはあった。

それを前触《まえぶ》れと呼ぶなら、前触れはあったと言えるだろう。

けれども、その前触れに前触れはなく、その前触れこそが全てであるなんて。

いくらなんでも卑怯《ひきょう》過ぎる。

こちらに防ぐ手段など、ありやしないじゃないか。

自分達はまだその世界から逃《のが》れられていないのか。

いや、自分達に決定権など欠片《かけら》もないのだから、逃れるもなにもない。

ただ弄《もてあそ》ばれるだけなのかと。

ただ蹂躙《じゅうりん》されるだけなのかと。

それこそが自分達の運命であるのかと。

これはそういう物語なのかと。

ちっぽけな自分達はただ思うだけなのだと、太一は知る。


——ああ……〈ふうせんかずら〉です。……って、別に言わなくてもよかったですかねぇ……、どうなんでしょう。


部室棟《ぶしつとう》四階、文化研究部《ぶんかけんきゅうぶ》部室に現れた、一年三組担任兼、文化研究部顧問《こもん》、後藤龍善《ごとうりゅうぜん》の外見をした存在が言った。

「まあとりあえず皆さん……、お久しぶりです。……って、そんなにお久しぶりでもないですかねぇ……、どうなんでしょう」

変わらず覇気《はき》のない死んだような顔で、だらだらぼそぼそと、太一達の都合を考える素振りも見せずに話し続ける。

永瀬伊織が死ぬと思わされてから約三週間後に訪れた、再会。

ついこの間のことと語るには時が経《た》ちつつあるが、過去のことと語るには新しい。

これを早いと言うべきか、遅いと言うべきか。

ただ二度と会いたくはなかったということだけは、確かだ。

「どうしようもなく潰《つぶ》してやれないとわかったお前とは、二度と会いたくなかったよ、〈ふうせんかずら〉」

人外かもしれぬ存在に、稲葉は恐れを見せず挑発的な言い方をする。だが会いたくなかったのは、稲葉も同様らしい。

——その日、結局桐山と青木は学校を欠席していた。

公式の発表があった訳ではないが、特にどこからも処分が下ることはなく、それぞれの家庭への連絡までにとどめられそうな状勢であるらしい（情報ソースは藤島）。

二人が来ないのなら仕方ないと太一・永瀬・稲葉の三人だけで放課後部室に集まることにした。が、
そこに〈ふうせんかずら〉が現れたのだ。

以前と同じく、後藤の体に乗り移った形だった。

踏み込めば一息でたどり着けそうな距離。

太一と永瀬は立ち上がって〈ふうせんかずら〉に相対する。稲葉だけは座ったままだ。

「なんでまた、アタシ達の前に出てきやがった。……自分のことは全部忘れてくれと言ってたんじゃねえのかよ」

「ああ……そんな風に言った気もしますねぇ……あんまり考えないで貰いたいのは事実ですから。でも前回最後にお会いした時……一応『では、また』って言ってたような気がするんですけどねぇ……覚えてますか？　記憶力抜群《ばつぐん》の稲葉さん……」

「ふざけんなよ、クソがっ！」

稲葉が昨日新たに運んできた机に拳《こぶし》を叩きつけた。

〈ふうせんかずら〉。

太一達文研部員五人の人格をアトランダムに入れ替えるという事態を引き起こし、自分はそれを観察すると言って、好き放題やらかした存在。

正体は、不明。

明らかになる気配も、ない。

「どうして、また来たの。わたしは会いたく、ないんだけど」

動じないでおこうとして、でもやっぱり強張《こわば》ってしまったような口調で永瀬が言った。

一番〈ふうせんかずら〉に複雑な感情を抱いているのは間違いなく永瀬だろう。なんと言っても、一歩間違えば、死んでいたかもしれないのだから。

「ああ……そういえば直接永瀬さんに謝罪《しゃざい》するのがまだでしたねえ……。それについては……、本当に、心の真ん中くらいからは申し訳なく思っておりますので……。ということで……、ごめんなさい」

「今更そんな風に謝られたって……！　謝られたって……！　ぐっ……とにかく悪いと思ってるならわたし達のことなんて放っといてよ、関わらないでよ」

その通りだ、太一も思う。

「いやいや……。だから何回か言ってますけど……皆さんちょっとばかし面白過ぎるんですよ……。まあ後は、たまたま僕に目を付けられたことでも恨《うら》んどいて下さい……。あ、だけど僕自身を恨むのはなしの方向で……皆さんとはいいお付き合いをしたいですからねぇ……」

少し、いや、かなり不穏《ふおん》な言い方をされた気がした。

「ちょっと待て……！　なんだよその末永い付き合いでもしようって、言い方は⁉」

慌《あわ》てた様子で稲葉が声を張り上げた。

「ああ……、だって今回もそこそこに楽しいことやって貰いますし……まあこれから先どうなるかはわからないですけど、とりあえずそう言っておけばどう転がっても……いい感じでしょ？」

「おい……そこそこ楽しいことって？」

太一の声は、震えていた。

「あれ……、気づいてないんですか、八重樫さん。なんか頭の、中、から、声、が、聞、こ、え、たり、体が、勝手に、動くような感じしてませんか？」

全身の肌という肌が粟立《あわだ》った。

いつもの部室のはずなのに、まるで、別世界に引き込まれたような非現実感が充満《じゅうまん》してくる。

「んだとこのクソ野郎……！　今度は……今度はアタシ達の体を直接操《あやつ》るとでも言うつもりかっ！」

怒りに任せるように稲葉が叫ぶ。

「操る？　なにを言ってるんですか……稲葉さん。そんなことする訳ないですよ……。それじゃ意味ないですし……。ふぅ……じゃあ予告がてら……先取りしてちょっと説明しましょうかねぇ……。ああ……なんて優しさ」

「なんだよ予告って……。なんだよ説明って……」

わななきながら、永瀬が言葉を漏《も》らす。

「いやいや……説明がないと困るでしょ？　ああ……確かに困る皆さんというのも面白そうですけど……、今はそういう方針《ほうしん》じゃないので……。……予告っていうのは、今日は三人しかいないみたいなので……本格的な説明は五人がいる時にしてあげようかなぁ……なんて話です」

「なんでまた……わたし達五人に……」

掠《かす》れた声で永瀬が囁《ささや》く。尋ねながらも、半ば観念しているように見えた。

「だから、皆さんがなかなか面白いからだって何度言ったら……ああ……このくだり飽きてきたな……。やっぱ先取り説明やめようかなぁ……でもここに来たのにすぐ帰るのも損《そん》した気分が……。ああ……なによりこんなこと考えるのが面倒臭い。……どっちがいいです？　皆さんで決めて貰っていいですよ……？」

「聞くだけは、聞いてやるよ。……まずはそれからだ」

ぐしぐしと髪を掻《か》き上げながら、少しだけ冷静さを取り戻した稲葉が言った。

「ああ……どうも。じゃあちょっと説明しますけど、まあ今回はそんなに大したことじゃないです……。いやむしろ、皆さんも喜ばれるんじゃないかとさえ考えてますよ……ああ……流石《さすが》に言い過ぎかも。……ええと、なんだっけ？　ああ……、で、まあ単純に言えば皆さんの心にある『欲望』を、本当に望んでいることを解放してあげよう、そんなお話です……」

「欲望を……解放する？」

呟くと同時、昨日と、そして今日にあった、文研部員達のもろもろのおかしさが、太一の脳裏《のうり》に蘇《よみがえ》る。

襲ってきた稲葉。

尋常《じんじょう》じゃなく怒り狂った桐山。

おかしな様子で電話をかけてきた永瀬。

そして、衝動に突き動かされた自分。

「そうです……欲望を解放する……略して『欲望解放』です……。……あれ？　あんまり略せてない……？　まあどうでもいいですね……。ええと、当然ですが……、人間はたくさんの『欲望』を持っています……。皆さんもそうですよね？　でもその全てが表に出ているか、なんらかの行動として表れているかと言えば、決してそうではない……。理性やらその他の様々な心のしがらみやらが、ストッパーとして邪魔をしちゃいますからねぇ……。でもそれって……、可哀想《かわいそう》なことだと思いませんか？」

疑問形のくせに、こちらの反応など微塵《みじん》も確認せず、〈ふうせんかずら〉は続ける。

「やりたいと思っているのにやれない……。したいと思っていることができない……。それは……、人として正しい生き方だと思いますか……？　ああ……なんか哲学的《てつがくてき》」

「やりたいようにだけやって、生きれる訳がないだろうが。……バカが」

蔑《さげす》むようにして、稲葉が口を挟《はさ》む。

「まあ……普通はそうですよねぇ……。ですから、ちょっとだけやってみても面白いかなぁ……、ということなんですよ……」

〈ふうせんかずら〉の口調に重さは一切ない。吹けば飛んで消えそうなくらいの軽さだ。

「ちょっとだけ……、『欲望』を解放して自由にしてやろうかなぁ……、と」

欲望を解放して自由にする。

「それ……もう危険とかいうレベルじゃなくないか。……欲望を解放し本能のままに行動したら、最早《もはや》人間ですらなくなってしまうぞ。それは……、獣《けもの》だ」

狂ってやがる、稲葉は最後にそう吐き捨てた。

「ああ……やっぱりいいとこに気がつきますね、稲葉さんは……。おっしゃる通りです。もし人間の欲望を全部解放するなんてことすれば、大変なことになりますよ……。だから、様々ある欲望──色々ありますよねぇ……食欲、性欲、睡眠欲、物欲、権力欲、名《めい》誉《よ》欲……、後なにがあります？　あんまりいい例思い浮かばないんですけど──のどれかをアトランダムに時々解放させると……まあそういう風にしておきます……」

〈ふうせんかずら〉は終始つまらなそうな顔のままだ。

「……あ、でもだいたい解放される『欲望』の種類は、その時一番強く思っていることになりますかねぇ……。まあ、欲望って常々変化してますし、強弱の差も激しいものですし……」

馬鹿げていて、太一は声も出せない。圧倒《あっとう》されて、身動きも取れない。

「ということで……大まかになにやるかはわかりましたよね？　……わかったということに僕はしておきますから……」

一度言葉を切り、後藤の姿をした〈ふうせんかずら〉は無表情のまま沈黙《ちんもく》した。

「……もう少し説明しようかなぁなんて思ってたんですけど……、予告だからやっぱりこの程度でいいですかねぇ……。二人も人が足りてないですし……。ああ……じゃあもうやめましょう……そうしましょう。本格的な説明は五人いる時の方がいいでしょうしねぇ……。……まあ最終的にはこちらの都合ですけど。……ああ、ここまで説明した分は皆さんの方で、いない二人に伝えといて下さいよ……。ああ……しんどい」

「さっきからなんなんだお前はっ！　なにがしたいのかはっきりさせやがれっ！」

〈ふうせんかずら〉のもどかしい言い様《ざま》に、稲葉が業を煮やした。

「ああ……そうですか……。それなら帰ります……。また明日、放課後にでも……」

「答えになっててんのかよそれ……！」

稲葉が苛立《いらだ》つ。その隣で、意味もなく太一はただ呟くことしかできない。

「明日……放課後……？」

「ええ……、今日は予告って言ったでしょ？　本当は今日全部言うはずだったんですけど……なんか二人も学校休んでるし……。だから今日も放っておいて明日に言う……っていうことにしようかとも思ってたんですけど……。なんか予定崩されるのも癪《しゃく》なので……一応来ちゃいました……。来た方がいいのは確かですから……」

「結局はそれも……お前の『欲望解放』とやらのせいじゃねえのかよ」

凄みを利かせた声で稲葉が言う。

「いやいや……別に僕のせいって訳でもないでしょうに……。まあでも……一応このまなにも知らせずに放っておくと……下手すりゃ『終わっちゃう』かなぁ……というのがあったので来たんですよ……？　『終わっちゃう』のはいいんですけど、早々と終わられるのは困るので……。まあ……なら先に知らせとけって話なんでしょうけど……、初めなにも知らない皆さんを観察するのもなかなか面白かったりしますからねぇ……」

『観察する』、『面白い』。こいつの行動原理がそこにあることは変わっていないようだ。

だが相変わらず、その『観察する』、『面白い』という言葉の意味が見えない。

「……じゃあ」

呟いてから〈ふうせんかずら〉が扉に向かって歩き出す。が、すぐに立ち止まる。

「……あれ？　でもよく考えたら……肝心《かんじん》の二人へ説明が伝わると保証された訳じゃないですねぇ……。けどそこら辺は説明してくれると信じてもいいですよね……、話を覚えているであろう稲葉さん？　お願いしますよ……」

〈ふうせんかずら〉に要求され、稲葉はじっと押し黙った。

二人が睨《にら》み合う。太一と永瀬には、割って入れない空間ができあがっていた。

そして拳を握り、稲葉が口を開く。

「嫌だ……って言ったら？」

「……皆さんの方が困ると思うんですけどねぇ……」

「お前も困るんだろうが」

稲葉が〈ふうせんかずら〉に駆け引きを仕掛けている。どこにそれだけの余力があるというのか。

しかし緊迫《きんぱく》した稲葉の表情に対し、〈ふうせんかずら〉は一切顔色を変えない。

「ああ……、そんな意地悪なことを……。流石に二人のところに行くのは気力が……。ああ……ならもういっそここは一度止めてみましょうかねぇ……」

「だからなにを言ってるんだよテメエは……！」

「あの……じゃあ特別に今から明日僕がまたここに来るまでは……、『欲望解放』が起こらないようにしておきます……。なんて特別仕様……」

「なんなの……もう本当になんなの……」

永瀬は泣き出しそうな声になっていた。

「いやいや……明日説明が終わるまでは……一回この現象を止めると……そういうことです。休憩《きゅうけい》地点……ブレークポイント……ああ……言い方がわからない……第一どうでもいい……」

「そんなのも……ありなのかよ？」

稲葉は引きつった笑みを浮かべていた。

「みたいですねぇ……。まあそうするのは、こちら的にもあんまりなのかもしれないいんですけど……。すぐ『終わっちゃう』よりマシですから……。なにより……一度くらいはそういうのも面白そうですからねぇ……逆に。では明日この場所この時間に……ならないかもしれませんけど……、また」

言い残して〈ふうせんかずら〉が部室から去っていった。

誰も、止めようとしなかった。

いや、止めることができなかった。

〈ふうせんかずら〉が立ち去った後の部室は、しんと静まりかえっていた。

「また……なのかよ」

稲葉がぽつりと呟く。久方ぶりに、音が室内に落ちた。

まだ太一と永瀬は声を出せないでいる。

太一は、とにかくどうすればいいのか、どう反応すればいいのかさえわからなかった。

自分達に、あんな『人格入れ替わり』なんて非日常じみたことはもう二度と起こらないと、どこかで思っていた。

でも当然、可能性はゼロではなかったのだ。むしろ一度関わってしまったことがある分、可能性が高いとも言えるのかもしれない。

『日常』を越えた〈ふうせんかずら〉という存在に、どうやら自分達は目をつけられている。

「なんで……。どうして……」

永瀬の声は、無意識ににじみ出てしまったかのようだった。

その問いかけは、太一の頭の中でもぐるぐると回っていた。

どうすればこの状況を回避できたかと考えて、そんなチャンスはどこにも存在しなかったということに、愕然《がくぜん》とする。

「なあ、このクソな事態をどうにか防ぐ案、思いつく奴いるか？」

稲葉が尋ねる。

太一も永瀬も、答えを返せない。

「だよなぁ、アタシも思いつかねえよ」

『人格入れ替わり』状態になった時も、散々考えたあげく打開策はないという結論に至ったのだ。新たなヒントもない中、起死回生《きしかいせい》の手が見つかるとも思えない。

「諦《あきら》めて……受け入れるしかないの？」

永瀬が囁く。

「なにかないか。どうにかできねえか。それはアタシも考えてるさ。これからも考えるさ。でも現状は……」

永瀬の顔も稲葉の顔も沈んでいた。

太一の心も打ち拉《ひし》がれている。

でも、なにかを言わなくてはならないと思った。

「前もなんとかなったんだ。今回もどうにかなると……信じよう」

あまりに根拠《こんきょ》のない発言だと自分でも気づき、太一のセリフは尻《しり》すぼみになってしまった。

慌てて言い直す。

「いや……どうにかしよう、うん。楽観視するのは違うと思うけど、落ち込んだってどうにもならないだろ。……あ、だから楽観視するというのではなく……」

上手《うま》くまとめられないでいると、永瀬と稲葉が同時にぷっ、と笑った。

「ふ、二人して笑うなよ」

「お前は……やろうとしていること自体はいいんだが、やり方がどうにも不器用なんだよ。バカだからか？」

「もっとびしっと言えたら、すっごい様《さま》になるのにね」

「……んなこと言われても」

「ふん、まあ、あいつの説明にはまだ続きがあるらしいし、今は現象を一時中止するとかも言いやがったし……。そうだな、現状できることは『なんとかなる』と思っておくことくらいかもな」

腕を組み、稲葉が溜息《ためいき》をついた。

「明日……また奴が来て……全てはそれから、なのかな。来るってわかってるんだったら、なにか攻撃でもしてやりたいところだけど」

少しだけ冗談めかして永瀬は言う。

「ブービートラップでも仕掛けるか」

稲葉の言葉に、三人で笑った。

小さな笑いが部室に反響する。

それだけで、ほんの少し活力《かつりょく》が湧《わ》いた。

「よし、とりあえず明日だ。唯と青木にはアタシから伝えておく。今日はなにも起こらないらしいし、家に帰って英気《えいき》を養え。……こういう言い方すると明日が来て欲しいみたいで、なんか嫌だが」

稲葉が言って、その日は解散となった。

太一はその夜、なかなか寝付けなかった。

■□■□■

次の日。

大方の予想通り、桐山と青木はどこからも処分を受けずに済んだ。

一時間目終わりの休み時間、廊下で太一・永瀬・稲葉の三人と青木は顔を合わせた。

青木は少し疲れているような感じはしたが、比較的元気そうである。

「悪い、心配かけた」

青木は頭を下げる。

「謝る必要はない。元よりお前のことは心配してないからな」

「ヒドくね!?　流石にヒドくね、稲葉っちゃん!?」

ある意味青木は帰還兵《きかんへい》なのに、稲葉は労《いたわ》る素振りも見せない。

「だけどそーゆうわ・ざ・といつも通りに振る舞ってこちらを迎えようとしてくれる稲葉っちゃんには……愛を感じるね！」

「うおっ、わたしですら引くほどのポジティブシンキング」

永瀬が仰《の》け反《ぞ》った。

なるほど、このプラス思考なら確かに心配する方がバカらしく思える。逆に見習いたいくらいだ。

「それよりも大丈夫か？」

色んな意味を込めて太一は尋ねた。

「おう、俺は大丈夫だ！　ありがとな。べっつにそんな大したことなかったんだぜ」

にかっと青木は笑って見せる。

〈ふうせんかずら〉が再び現れたという衝撃を含め大変だったろうに、やっぱり青木は今日も明るく強く振る舞っていた。

昨日のうちに稲葉から電話で説明を受け、全てを知った上で、そうしているのだ。

自分に真似《まね》できることではないと、太一は思った。

だがそんな青木も、その後顔を暗くする。

「ただ……唯のことがちょっと気になるかな」

全員の表情が、暗く曇《くも》る。

桐山は、今日も登校していなかった。

■□■□■

本当に宣言《せんげん》通り、〈ふうせんかずら〉は放課後の文研部部室に現れた。

今日も、一年三組担任、文化研究部顧問、後藤龍善の姿である。

〈ふうせんかずら〉に、桐山を除《のぞ》いた文研部四人が相対する。

来るとわかっていたのに、心構えができたくらいで、対策なんてものはなにも準備できないでいた。

「ああ……結局今日も桐山さんはいないみたいですね……。……でも……もう待つ気はないですねぇ……。まあ仕方ないか……。後で勝手にフォローしておいて下さい……。せっかくの五人に直接説明してあげようかという僕の優しさを……もったいない。……ええと、それで昨日までの話覚えてますか？　大きくなにがどうなるかは言った気がしてるんですけど……。どうでしたっけ、記憶力抜群の稲葉さん？」

そんな問われ方をして、稲葉は嫌そうに顔をしかめた。

しかしすぐ表情を引き締め、毅然《きぜん》と〈ふうせんかずら〉に立ち向かう。

「……たまに、主にその時一番強く思っていることに対してのアタシ達の『欲望』を、解放させるとかいう話だろ？　けっ、……体と心の関係をどうこうするのでもなく、体を操るのでもなく、心そのものをぐちゃぐちゃいじって操るんだよな、気色《きしょく》悪い」

「ああ……ちゃんと説明してたんだ……よかった。けど……心を操る……？　その表現は心外ですねぇ……。少々ドーピングみたいなことはしますけど、だからと言って、皆さんの心がねじ曲げられる訳でも、皆さんの内にある欲望が変に強くなる訳でも、ないんですよ……？　どちらかと言えば、ただあるがままになるだけの話で……。見方によれば、皆さんの本当の姿を探し出すお手伝いになるかもしれませんねぇ……。無意識レベルの欲求まで汲《く》み上げられることもあるでしょうから……」

「ただあるがままに……。本当の姿……」永瀬が小さな声で呟く。

「まあなんというか……解放が起こった『欲望』に、皆さん自身の意思の力が及ばないくらい絶対的な力を与えて、本来の姿をさらけ出してやろうという訳ですね……。……繰り返しますけど、心や欲望自体になにかやっている訳ではないですからね……？　それは全て……皆さん自身が望んでいることですから……」

「シャレになってねえぞ……お前。じゃあ、誰かにムカついて、こいつを殺したい、なんてことを思ってる時に『欲望解放』が起こっちまったら……アタシ達は人殺しをやっちまうってことかよ？」

人殺し。

稲葉の言葉に、太一は今までとはまた別種の、薄《うす》ら寒い戦《おのの》きを覚える。

極論までいけば、そんな話になるのか。

しかしそれでも、〈ふうせんかずら〉はなにも動じない。ただ思ったことを垂《た》れ流すように喋《しゃべ》り続ける。

「……へぇ、稲葉さんって、むかつく人間がいたら殺したいと本気で思っちゃうような人間なんですか、恐ろしいですねぇ……」

「な……んだと……」

「いえだから……、心の底から本気で思ってたらそうなりますよというお話で……、稲葉さんは簡単に殺意を抱けてしまう人間なんだなぁ……、と」

「それは……、ものの例えだろうが……。本気で思うかよ……んなこと」

「ですよねぇ……。日頃から本気の殺意を腹に溜《た》めている人間なんて、そうはいないですよねぇ……」

拳を握り、稲葉はギリギリと歯噛《はが》みした。

稲葉ですら、あっという間に〈ふうせんかずら〉のペースに呑まれてしまっていた。あらかじめ来るとわかっていても、太一達は、〈ふうせんかずら〉をどうすることもできない。

「ああ……勘違いされるのは嫌なのでもうちょっと説明しますけど……、『欲望』が解放されたからって、辺り構わず人に暴力振るったりするようになる訳ではないですよ……。ちゃんと心の中で、そうしたいと願っていないと、具現化《ぐげんか》されませんので……」

「おいそれ……唯のこと言ってんのか？」

怒りを漲《みなぎ》らせた声で青木が言った。

「はぁ……？　さぁ……？　どうでしょうねぇ……」

る。

「ふざけてんのかよっ！」

青木は叫び立ち上がろうとしたが、稲葉がそれを押し止めた。そして稲葉は尋ねかけ
「でもよ……、腹の中でなにを思おうが、理性でもって己の行動を自制するのが、人間ってヤツじゃねえのか？」

〈ふうせんかずら〉は無表情のまましばらく静止する。思考しているのかどうかさえ読み取れない。

「そんなこと……誰が決めたんですか……？」

誰も決めては、いないのだろう。

「……人は、『心の中では誰かを殺したいと思うことも多々あれど、通常理性でもって表に出るのは防がれているのか』……、それとも……『誰かを殺したいと思っても通常それは上辺だけで思っていることであって、心の底から本当に殺意を抱くなんて稀《まれ》なことのか』……。どっちなんでしょうねぇ……。前者だと今回皆さんは非常に不味《まず》いことになりそうですねぇ……」

不味いことになるどころでは済まない。

常軌《じょうき》を逸《いっ》するほどに危険じゃないか。

それは、太一達のことは言わずもがな、文研部の外の世界をも破壊し得る。

「まあそれも、やってみればわかりますか……」

「ふざけんなよっっっ！　アタシらはテメエのモルモットじゃねえぞ！」

「……ああ……うるさいですよ稲葉さん……。でもどうにもならないんですから……、そういうものとして受け入れて貰って……。後は適当に頑張って下さい。……僕も頑張って観察しますから。そこそこいい感じになれば、いつかは終わりますので……」

「ふざけるなよ……」

もう一度、稲葉は言う。でも、どうしようもないことを悟《さと》ってしまっているからか、その声は弱々しかった。

「ああ……後、皆さんの欲望が衝動として突き上がってくる時には……頭の中で【声】が聞こえるかもしれませんが……、それは欲望が解放されることによる副作用というか皆さんの心の叫びみたいなものですので……お気になさらずに」

ああ……喋るのしんどくなってきた、〈ふうせんかずら〉がぼそりと漏らす。

「とまあこれで、言うべきことは言ったような気がするんですけど……ああどうなんだろう……まあいいか。……なにか質問あります？　ほんの少しなら応じてみようかなぁと、珍しく思ってるんですけど……」

「……更に『人格入れ替わり』まで起こるなんてことは、ないよな？」

わずかな間の後、稲葉が尋ねた。

そうか。そんな可能性もあるのか。

「ええ……ないです。それは……終わった話ですから」

「ふん、そうかよ。……お前が後藤に乗り移ってるもんだから、な。まだそうすることも、できるってことなんだろ」

常識を外れた存在と稲葉の対決は続く。他の三人に介入する余地はない。

「ああ……なるほど。まあこうしてこの人使わせて貰っているのは……ただ便利だからですよ。……他の方法もありますけど……これがやりやすいですからねぇ……」

〈ふうせんかずら〉はぽんぽんと、自身の——後藤の——体を叩いてみせる。

「ご都合主義な野郎だ……。ここまでくると流石に……どうやったってお前をぶっ潰すこと……お前に勝つことは、難しそうだな」

「まあ……、皆さんが自然災害に勝とうとするのと、同じようなことだと思いますけどねぇ……」

自然災害、これはその種のものだと、言えるのかもしれない。

「後、どうせランダムと言っときながら、この現象もお前らの方で操作できるんだろうが」

「できません……って言っても信じそうにないので、できますって言っておきます。でも基本的にだいたいランダムですのでご安心を。……ああ……別に安心でもないか」

「あ～～～～～～っ、クソッ、なんだこの不条理《ふじょうり》野郎！　ムカツクなぁ？　ムカツクよ、マジで。どうせ『お前は何者だ』みたいな根本的な質問には答えやがらないくせに、質問受けつけるとか言うところもただ腹が立つよ！」

爪を噛んで、稲葉がこれでもかというくらい憎々しげに顔を歪《ゆが》めた。

「これもよく言ってるような気がしますけど……、余計なことは、もろもろ考えないようにした方がいいと思いますよ……。ただそういうものだと受け入れて、その上で皆さんが取るべき行動を考えて下さると……嬉《うれ》しく思います。皆さんにもそちらの方が望ましいでしょうしねぇ……。早く終わるに越したことはない……お互いに」

「もう一つ確認だ」

「……どうぞ。今日の僕はなかなか寛大《かんだい》ですから……」

「ひきこもりは反則か？」

その質問の意図は、太一にはわからなかった。ただ稲葉の声の具合から、なにか重要な意味を持つのだと判断できた。

と、〈ふうせんかずら〉の顔にうっすら不気味な笑みが浮かんだ。

嫌な、鳥肌《とりはだ》が立った。

「なるほど……本当に稲葉さんはよく気がつきますねぇ……。その手の質問には答えない方がいいんでしょうけど……、ここは敬意《けいい》を表《ひょう》しましょう……」

高度なやり取りが展開されている、らしい。とてもじゃないが太一はついていけない。

「……『それはそれで面白い。そして必要とあれば面白くする』……とまでは言えますかねぇ……」

「……ふん、腐《くさ》るほどタチが悪いな」

稲葉は吐き捨てて、腕を組んだ。

「どうとでも言って下さい、そういうものですから……。もういいですかね？　……ということで僕は行きます、帰りましょう。ああ……二日連続でこんな風に働くなんて……。僕も成長しましたねぇ……。したと思いませんか？　……ああ、皆さんに聞いても仕方ないですよね。……それでは、僕がここを出た瞬間に、『欲望解放』再開ということにしましょうかねぇ……」

再開する。

止めるには、もうこのタイミングしかない。

「……おい、待てよ！」

しばらく忘れていた声を、最後の最後になって太一は張り上げた。

「……なにかありましたか、八重樫さん？　なにもないような気がしますけどねぇ」

半開きの濁《にご》った瞳が、太一を射すくめる。

目にはなんの色も浮かんでいない。

虚無《きょむ》の空間の前に立たされたような、言いようのない圧迫感が太一を襲う。

頭が上手く回らない。発すべき言葉が、見つけられない。

「ああ……ないなら帰りますよ……」

自分の都合だけで不条理を振り回し、また自分の都合で去ってゆく〈ふうせんかずら〉。太一達は、それを見送ることしかできない。

が、〈ふうせんかずら〉が扉を開いて部屋から出ていく直前、稲葉が口を開いた。

「自然災害の前には、ほとんどの人間がただ諦めてひれ伏す。でもな、この世の全ての人間が諦めてひれ伏していると思ったら大間違いだぞ？」

中指を突き立てて、稲葉が笑う。

「……知ってますよ。……では、皆さん頑張って下さい」

ばたんと、扉が閉まった。

■□■□■

長机を囲み、太一達はパイプ椅子《いす》に全身を預《あず》けている。

〈ふうせんかずら〉が去った後の文研部室には、全てを薙《な》ぎ払う猛烈《もうれつ》なハリケーンから命だけを守り抜いた後のような虚脱感《きょだつかん》が漂っていた。

どうにかしなければならないのだけれど、どこから手をつければいいのかわからない。なにより恐ろしいのは、まだなにも終わっておらず、まだ始まったばかりであるということだ。

これから太一達は、いつ終わるともしれないこの現象を、ただ耐え続けなければならない。

やれるのだろうかと、太一は己に問いかける。

誰も傷つけることなく、そしてできれば自分も傷つくことなく、この自然災害を生き延びることはできるのだろうか。

簡単でないことは、骨の髄《ずい》まで染みてわかっている。

誰も声を発さない時間が流れた。皆、思うところがあるのだろう。

「ちっ……前もって来るとわかっていてもあの程度か……」

しばらく経って、悔《くや》しそうに稲葉が吐き捨てた。

「いや……十分じゃないか……？　俺なんて、完全に呑まれてたし……」

後藤の姿をした〈ふうせんかずら〉を思い起こしながら、太一は呟く。

まだ脈が速い。あの得も言われぬ、この世のものとは思えない空気感を、どうにも体が受けつけなかった。

「……とりあえず稲葉ん中心に対応しようって言ってたけど。示《しめ》し合わさなくてもそうなってた気がするもんね」

弱々しく永瀬が笑う。

「ああ、オレもなんか変なタイミングで出しゃばっちゃってゴメン……。唯のことになるとどうにも……」

青木も萎《しお》れながら言った。

「……仕方ねえよ。……そして仕方ないと、全て受け入れるしかないんだよな、今は」

稲葉の声は、少し湿っているようだった。

「……こうするしかないのかなぁ。なにか方法は……ないのかなぁ。今更、だけど」

ぽつりと永瀬が言葉を零《こぼ》す。

誰も、なにも言うことができない。

昨日も今日も、太一はどうにかしてこの現象を回避できないかと考えてはみた。

今日学校に行かず、どこか遠くに逃げてしまえば、なんとかなるのではないかと思ったりもした。

でも、結局行動には移せない。

最悪自分達の体に乗り移ることさえできる〈ふうせんかずら〉を相手に、どこへ逃げろと言うのだ。

「……前のを例にすれば一カ月ほどで終わるんだ。……ただ堪《た》え忍ぶのが、現状、アタシ達にできることだろう」

静かに、稲葉は続ける。

「奴の力からは、逃れられる気がしない」

「……やるしかない、って話になるのか」

青木が呟いた。

部室には重い空気が充満している。

「やってやろうぜ」

その空気を打ち破るつもりで太一は言った。

昨日与えられた猶予《ゆうよ》期間。太一は、今日に備《そな》えて覚悟だけはしておいた。他にはなにもできなくて、不安に押し潰されそうにもなったけれど。

逃げ出すことができないなら、もう向き合うしかない。立ち向かって、被害を最小限に抑える。人間が、自然災害に対してできることだ。

ぱんっ。

永瀬は気合いを入れるように、自分の手で両頬を叩いた。

「やろう、みんな」

覚悟を決めた表情で永瀬が言い、他の三人が頷いた。

皆、やるべきことはわかっていた。

「……じゃあ、少しだけ整理しようか」

場を仕切るのは、稲葉だ。

「この現象自体については……、今あのクソ野郎の説明したことが全てだからいいだろう。唯への連絡に関しても後でアタシがやっておく。まず確認したい問題は、じゃあ具体的にこの現象でなにがどうなるかだ」

「単純に考えてだけど……、唯と青木の乱闘《らんとう》騒ぎって……」

ちらちらと青木の顔を窺《うかが》いながら永瀬が口にした。

「う……確かにオレは、駅で連れて行かれそうになる唯を見かけて……ちょっと待てよって思って……。だって……唯は男苦手なのに男ばっかに囲まれて尋常じゃなく怯えてたから……。で、その時頭の中で【声】が聞こえて……。そっからは……なんかカッとなってしまった感じで……。ちょっと変だとは思ったけど……」

　青木が喋りを終えて、稲葉が口を開く。

「……唯は『絡まれてる女の子を、周りの奴らを、殴ってでも助けたい』、青木は『警察に連れて行かれる唯を、警官相手に暴れてでも助けたい』とでも思ったんだろう。普通なら、自制が利《き》いてそこまでバカなことしないんだろうが……」

「……『欲望』を解放されたおかげで、そのまま実行しちゃった、のか」

　永瀬が引き継いで言った。

「そーいうこと……なんだろうな。……すんません」

「あ、いや、青木が謝る必要はないと思うよ、うん」

「じゃあ一昨日《おととい》桐山が異様なまでにキレていたのも、『たとえ机を叩き割って脅《おど》してでも事情を問い詰めたい』ってな感じに思ってた……というか怒ってた訳か」

　自身の理解を確かめる意味でも太一が言うと、稲葉が頷いてくれた。

「ああ。そして逆に言えば、唯は『机を叩き割って脅す』までしか思っていなかったことになるな。絶対に正しいと言えないのがうざいところだが……奴の言葉からすればそういう理解ができる」

「どういうことだ？」太一は尋ねる。

「唯はアタシ達を『ボコボコに殴《なぐ》って問い詰めたい』とまでは思ってなかったってことだよ。……いやまあ、そこまでの必要がないと思っていただけとか、あそこで終わらなかったら殴る蹴るまでいったとかの可能性も否定できなくはないが……」

なるほど、と太一は相槌《あいづち》を打つ。

〈ふうせんかずら〉曰く、『欲望解放』は自分が心の中で望んでいることを、半ば強制的に実現させる。

ただ、それだけ。

「ああ……、それで言えば稲葉が俺を押し倒してきたのは——「せぃやぁ！」——うごふっ!?」

稲葉が太一の喉元《のどもと》に地獄突きを放った。

「ゴホッ、ゴホッ、いっ……今のは入ったぞ……お前……」

「それは言うなよ！　デリカシーねえのかよ！　ふざけんなよ！　大概《たいがい》にしとけよ！　人の汚点を掘り返すなよ！　忘れろよ！　つか忘れるまで殴ってやろうかあああ!?」

もの凄い動揺《どうよう》っぷりとキレっぷりだった。『欲望解放』が起こった……訳ではないだろうが。

「おお、どさくさでなんか有耶無耶《うやむや》になってたよな。太一！　その件については詳しく……あ、伊織ちゃんがいるとマズいか……」

青木は言いかけてやめたのだが、どう考えても、もう、遅い。

「えーと、稲葉んが太一を押し倒した……ってのは？」

訝《いぶか》しげな表情で永瀬が首を傾《かし》げた。

「ほら、こうなったじゃねえか！　アホ！　バカ！　マヌケ！」

「わ、悪い……」

太一は肩身狭く俯《うつむ》く。

「謝って済んだら警察はいらねえんだよ！」

「ねえ！　だからどういうことなの？」

「ぐっ……、もっ、もうこれ以上広めるなよ！　……一昨日部室で太一と二人っきりの時……ちょっとだけ押し倒しかけたんだよ……アタシが。っても、未遂《みすい》も未遂だぞ！　体がちょっと触れたぐらいだし、その時点で唯達が部室に来たしにゃ！」

稲葉が凄く恥ずかしい噛み方をしていた。しかし太一は笑うことなく必死に稲葉の横でコクコクと頷く。

「お、おお……、そんなことが。……で、なんで稲葉んはそんな感じになってどこまでやろうと思ってたの？　……って、デリカシーない質問か。ゴメンっ、答えなくても大丈夫！」

「待て。アタシの名誉のために言わせて貰うが、常時発情してる淫乱女《いんらんおんな》だとか思ってくれるなよ。あの時はネットで意図せずたまたま………………………エロい画像を見つけてしまっていたんだ」

太一も永瀬も青木も、リアクションを取ることができなかった。可能な限り心を無にして遠い目をする。

「どっ……どこまでやるつもりだったのかは……あ、アタシにもわからん！　……ただ大層なことをしようと思っていた訳ではないと思うぞ……。……経験ないし」

稲葉の顔は、見ているこちらが赤面したくなるくらいリンゴのように真っ赤っかだった。もう二度とこの話題は出すまいと、太一は心に強く誓った。

永瀬と青木は、揃《そろ》って神妙《しんみょう》な面持ちで手を合わせて拝《おが》んでいる。

稲葉の失態が全員の記憶から抹消《まっしょう》されることを切に願おう。

ゴホン、と稲葉は一つ咳払《せきばら》いをした。

全員で襟《えり》を正す。

「……話を戻すぞ。……つまりこれは、『欲望解放』が起こった時、なにを、どれだけしたいと——たとえそれが意識レベルに上っていなくとも——思っているか、ってな話になるんだろう。……意識レベルにまだなってない、無意識の欲望まで汲み上げるのがやっかいだな」

「自分で意識できてるものなら、『欲望解放』が起こった時の結果も想定できるけど、無意識だとどこまでいくかわからない……ってとこかな？」

永瀬が訊いた。

「その通りだ。後これはアタシの想像だから話半分に聞いて欲しいんだが、もし意識レベルに上がれば即座に却下するくらいバカなことも、無意識レベルなら思っている……、なんてこともあり得る訳だ」

稲葉はとうとうと自分の考えを述べる。よくもそこまで頭が回るものだ。

「う～、無意識で望むってのがあんまりわからないけど……。危ないってのはわかるよ。つか……オレ駅で暴れちゃった訳だし……」

「心の底で……本当に望んでいること……本当の欲望……本当の自分」

噛み締めるようにして永瀬が呟いた。

「伊織、丸のままの欲望の塊《かたまり》こそが本当の自分、ってのは少し違うと思うぞ。で、だ。……ぶっちゃけこれはヤバイ。人格入れ替わりよりも、ヤバイ」

稲葉のセリフに、太一が応じる。

「人格入れ替わりも……現象的には相当なものだったと思うんだが……」

「太一、よく考えろ。あの時アタシ達が、なにかアタシら以外の外世界に影響を与えたことがあったか？」

太一の目を見つめ、稲葉が更に続けた。

「お前も重々承知しているはずだろ？　昨日の朝、藤島になにをしようとしたのか、もう一度考えてみろよ？」

えぐるように、その言葉は太一に突き刺さった。

【声】が聞こえ、体が熱くなり、自分の意思を無視して体が動いたこと。

今思い出すだけでも嫌な汗が出てくる。

本当は認めたくない。間違いだと思いたい。忘れていいのなら忘れてしまいたい。

でも、目を逸らしてもどうにもならない。

――自分は確かに、藤島麻衣子に手を出そうとしていた。

どこまでやる気だったのか、突き飛ばすつもりだったのか、それとも胸倉《むなぐら》を掴もうとしていたのか。わからない。

けれど誰かを傷つけていたかもしれないというのは、どうしようもなく事実だった。

その事実は、なによりも重い。


それからも稲葉を中心としながら状況の整理と、現状取り得る対策が話し合われた。

『二度目』というのが、太一達の適応力を上げていた。そして図《はか》らずもこの『非日常』な事態に慣れてきてしまっていることに気づき、寒気がした。

「……アタシ達が取り得る方向性は、二つあると思う」

しばらく黙り込んでいた稲葉が口を開いた。

「二つ……？」

太一は尋ねる。稲葉はなにを考えついたのだろうか。

「『極力感情の起伏《きふく》を抑えるように、強くなにも思わないようにする』か『変に考え過ぎず、やりたいことは我慢せず、むしろ普段より自由に楽しくやる』かだ。……まあ結局は、両方考慮《こうりょ》しなくちゃならないように思うが」

「どういうこと？　稲葉っちゃん？」

今度は青木が訊いた。

「あくまで真実かどうか疑わしいあのクソ野郎の話を元にした推論《すいろん》だぞ？」

断りを入れてから、稲葉は続ける。

「まず一つ目の方は、自分の意思で感情を抑え込む方法だな。極端な例で言えば、どっかの坊さんみたいに心を『無』にできりゃ、『欲望解放』が起ころうが関係なくなるってことだ」

思っていることをしてしまう今の状況。確かに、『思わなければ』それまでの話になる。

だが……。

「でも……すっげー難しくないかな？　なんかあいつ……無意識レベルも汲み上げるとか言ってたし。わたし、そこまで悟り開けないよ」

眉間《みけん》にシワを寄せ、永瀬が唸《うな》った。

「その通りだな。そして二つ目の方は、逆に欲求を抑圧《よくあつ》せずに発散してやろうってことだ。『欲望解放』が起ころうが、既にその時満たされた状態であれば、特になにをしようとも思わないんじゃねえの？　って話だな」

「……なるほど。ベクトルは真逆だけど、どちらも、心の中にある欲求の度合いを小さくしようとしているのか」

　太一が言うと、稲葉は頷いた。

「あのクソ野郎は『欲望は強弱の差が激しい』なんてことを言ってやがった。だからあいつの言う『欲望』ってのは、『将来叶えたい人生で一番大切な夢』とかそんな話ではなく、もっと刹那的《せつなてき》なものだと考えられる。実際、今までの事例からもそのようだと判断できるしな。なら、注意の仕方次第で、ある程度コントロールできるかもしれないんだよ」

　なにも見えなかった暗闇《くらやみ》に、稲葉が一筋の光を照らす。弱々しい明かりだが、太一にはとても心強く思えた。

「……とまあ言ってはみたが両方共に問題はある。まず一つ目の我慢する方向だが、変に我慢しようとし過ぎて爆発する、ってなことが考えられる。二つ目の方だって、いくら発散させても、人間は一つの欲求を満たすと更なる欲求を追いたくなってキリがない、なんて話ならあまり効果がない気もする」

「うう……じゃあどうすればいいんだよ？」

　青木が頭を抱える。

「正直に言えば答えは『わからない』だよ」

　稲葉ですらそう言う。

「ただ……アタシの私案でいいなら、両方を意識すること。つまり、『なるべく自由にやりたいことはやりつつ、激しい感情は抱かないように注意する』ってとこかな。バランスを取るのとか、果てしなく難しそうだけど」

「えと、だから『変に気にせず普段通りやりつつ、注意するとこは注意する』って感じか」

太一は稲葉に聞いてみる。

「ざっくり換言《かんげん》するなお前……。まあ的の絞《しぼ》り方は悪くはないが。……後太一が普段から自由にやりたいことをやってるってよくわかったよ」

「いや、そんなことは……」

……あるんだろうか？

首を傾げた太一を、稲葉は、けっ、と蔑むように笑った。

「もしかしたら、でかいトラブルを防ぐには、案外『普段通り』ってのがミソになるかもな。……ガスを溜め込んでなきゃ大爆発は起こらないんだし。気にし過ぎると変なことまで考えちまう可能性もある。だからと言って気にしなさ過ぎても問題だが……って。あ〜〜〜っ、ダメだ！　キリがねえ！」

「いや、十分参考になったよ。つかやっぱ稲葉ん凄くね？　分析力《ぶんせきりょく》ハンパないよ」

永瀬が感嘆《かんたん》した様子で言った。

太一も丸きり同意見だ。あの尋常ならざる状況で、〈ふうせんかずら〉の言ったことを冷静に記憶し、最大限活用してしまえるとは。

流石、情報収集、情報分析がライフワークと語るのは伊達《だて》じゃない。

「褒《ほ》めてもなんもでねえぞ」

「後は、お互いにフォローし合うってのが、大切だとオレは思うよ。どっちかがマズい状態になった時、隣の人間がフォローするのって、やっぱいいっしょ？」

「だよな」

青木の意見に太一は首肯《しゅこう》する。

「クラスだってさ、オレが唯と同じで、そっちも三人一緒なんだし、ちょうどいい感じじゃん？　……って、やましい気持ちはないよ！」

「ああ……、まあ……それも一手だよな」

稲葉は考え込むように顔を伏せた。

「ん？　稲葉っちゃんあんまりよくないと思うの？　結構まともな案だと思ったんだけど？」

「いや別に……。確かにいい案だと思う。フォローし合うのは悪くないだろう……と……まあこんなところ、か。じゃあ今日は解散するか。結構遅くなったし。……後は出たとこ勝負つーか、状況を見て対応しよう」

稲葉が言って、皆のろのろと帰り支度を始めた。

いくら対策を練《ね》り合ったって、こびりついた不安が拭《ぬぐ》えるはずもない。皆と離れて一人になるのが恐く、太一もなるべく時間をかけて片付ける。

「……明日は唯も学校に来るだろうし、またその時だよな」

青木が言った。

「うん。……なんか、どう言うのが正しいのかわからないけど、みんなの力を合わせたら、たぶん。大丈夫だよ。うん、本当に」

前回一番災難を被《こうむ》り、最も動揺《どうよう》してもいい永瀬が気丈《きじょう》に笑った。ぎこちなさはあったが、皆を安心させようとする思いが伝わってくる、やわらかな微笑《ほほえ》みだった。

泣きそうだと泣き言を口にしたくなる自分の心に、活《かつ》を入れた。

もう、進むしかないのだ。

「ああ、俺も最大限、自分にできる限り頑張るよ」

この笑顔を絶対に守り抜いてやろう。口には出さず、でもはっきりと太一は決心する。

「頼むぞ太一。伊織を支えてやれよ」

一瞬、稲葉に心を読まれたんじゃないかと思って、太一はどきりとした。

「……おう。でも別に永瀬だけじゃなくてみんなのことも——」

太一の言葉は、途中で稲葉に遮《さえぎ》られてしまう。

「お前は、伊織と自分のことだけ考えてればいいんだよ。そして青木は、唯のことを頼んだぞ。……あ、やっぱりお前じゃ頼りないか」

「なに言ってんだよ稲葉っちゃん！　オレの本気、舐《な》めたら痛い目にあうぜ？」

「痛い目にはあわすなよ」

一応、太一はつっこんでおいた。

「ってか、稲葉ん荷物は？　帰んないの？」

一人立ち上がっていない稲葉に向かって、永瀬が言った。

「ん？　ああ、だっていい加減アタシが編集した『文研新聞』を提出しなきゃならないだろ？　つーか、本当は一昨日みんなで確認するつもりだったんだけどな」

そういえばそうだった。太一は完全に失念していたが。

「あ、それどころじゃなかったから……」

永瀬も同じく忘れていたようだ。

「だろ？　ちょっと確認とかも言ってられないし、アタシの裁量《さいりょう》でやって後藤に提出しとくよ。いいだろ？」

「いいけど……。だったら手伝うぞ？」

「オレも手伝……あ、でもオレにやれそうなことないな。ジュース買ってこようか稲葉っちゃん？」

太一と青木が言う。しかし稲葉は首を振った。

「いいよ。後ほんの少し一人で調整して出すだけだから、いられても困る。今日は……つーかこれからも大変なんだから、早く家帰れよ」

珍しくにっこりと笑った稲葉が、他の三人の背を押した。

「稲葉ん……なんか変だよ？　大丈夫？」

「伊織に心配されるほどじゃねーよ」

最後は押し出されるようにして、三人は部室を出た。

少し違和感《いわかん》を抱いて、太一は後ろを振り返る。

閉じる扉の先で、稲葉が笑顔で手を振っていた。

■□■□■

扉に背中を押し当てる。

冷たくて固い感触《かんしょく》がじんわり背中に広がる。

太一と伊織と青木が、少し扉の前でやり取りした後、やがて歩き出し、部室から離れていく。

確実に離れていったとわかってからもまだ動かない。

心の中で数を数える。

一……、二……、三……、四……、五……、六……、七……、八……、九……、十。

ゆっくりと数えきってから、扉に背をつけたまま稲葉姫子はずるずると腰を下ろした。

お尻が冷たい。スカートが汚れる。でも関係ない。限界だった。

「上手く……やれてたかなぁ……」

一人きりになった室内、涙で滲《にじ》んだ声で稲葉は呟く。

答えは返ってこない。

〈ふうせんかずら〉が現れ、今回の現象の説明を加えていった後、心が折れそうだった。

奴が去りこの現象がなにを意味するか理解した時、震えが出るかと思った。

ただ泣きながらどうしよう、どうしようと、――に縋《すが》りたかった。

でも自分はそうなってはいけない。

強い稲葉姫子でいなければならない。

それこそ皆が、そしてなにより自分が求める、自分だ。

自分のために、強くありたい。

――でも今回ばかりは、無理かもしれない。

「みんな……大丈夫かなぁ……」

自分で呟いて、なんて言葉だと自嘲《じちょう》気味に薄く笑う。

他人の心配なんてしている余裕《よゆう》、ないくせに。

なんのための強がりなんだ。

膝《ひざ》を抱える。体を丸める。小さくうずくまる。

背中から固い扉の感触が遠ざかる。

自分の体温で、折りたたんだ体の内側だけがほんのり温かくなる。

でも誰もいない部室の空気は、どこかしんと冷たい。

「アタシ……どうしたらいいんだろう？」

なにかわかるんじゃないかと期待して、胸の中で声に出してみる。

けれどなにも見つからない、なにも見えない、なにも聞こえない。

答えは、誰からも返ってこない。

——ずっとこうしていようか。

一瞬そんな風に考えて、なにをバカなと首を振る。

「……やることやらなきゃな」

早くしないと後藤が帰ってしまうかもしれない。

一つ息を吐いてから、稲葉は膝に手をついてよろよろと立ち上がる。

大丈夫。まだ踏ん張れば大丈夫。

でも、スカートの汚れを払う気力はない。

■□■□■

『今電話いいかな、太一』

夜、自宅。

永瀬から太一に、電話がかかってきていた。

一昨日と違い落ち着いた様子であるから、自分の意思でかけてきているのだろう。

「大丈夫だ。珍しいな遅くに」

『ん、ゴメン。……でもやっぱり今言っておきたくて』

「いや、全然構わんぞ」

永瀬の声は明らかに固い。あまり愉快《ゆかい》な話題ではないのだろう。太一は少し身構える。

〈ふうせんかずら〉のことがあった手前、なにが起こっても不思議ではない。

『一昨日の電話の、続き……なんだけどさ』

どくん。心臓《しんぞう》が跳ねて、耳が熱くなった。

「そ、そうか……、その話か」

不意打ちだった。続く言葉が見つけられない。

一昨日、お互いに好きだということを確認し合って――、その続き。

『こんな大変な時になに気にしてんだ！　……って感じかもしれないけど、やっぱそれも大切だと……思ったので』

しまった。きちんと考えておくべきだった。あまりにごたごたしていたので後回しになっていた。だが今更後悔しても遅い。

その続き、次のステップ。

今度こそ自分から進もうと思う。男から言うべきことだ。でもどう言おう。ストレートでいいのか。前もそうだった。だが前は完全に勢いで。前と同じは芸がないか？　いや別に気にする必要もないか。いかん、変に考えてしまってまとまらない。そうこうしているうちに永瀬が口を開いてしまう――。

『……キープってオッケーですか？』

「キープ……ですか？」

なかなか予想外の展開だった。

『いや、キープって言っちゃうと凄い生意気に聞こえるんだけど……ちょっとこのままの距離を保《たも》とうというか……』

「この距離を保つ……。友達でいよう、ってことか……？」

それが、永瀬の出した結論なのか。

『あっ！　もしかしてなんか勘違いしてる？　違うよ！「今の間」は、って意味』

よく事情が飲み込めなかった。

「どういうことだ？」

『だからさ……今わたし達は〈ふうせんかずら〉に「欲望解放」という名の、よくわからないことをやられているじゃないか。それってさ、ある種「心」が正常じゃない、ってことじゃん。そんな状況にある中で、二人の間を進めるのは……あまりよくない気がするんだよ』

考えてみれば、当然のことだった。

今自分達は、普通ではないおかしな状態であるのだ。

〈ふうせんかずら〉に引き起こされた『欲望解放』が、自分達をどうしてしまっているのか、正確にはわかっていない。その状況下、大事ななにかをしてしまおうというのは、明らかに得策ではなかった。

「そりゃ、そうだな。……すまん、俺、全然頭が回ってなかった」

『いや、別に謝ることじゃないと思うけど。……うん、よかった。とりあえず言っておけて。だからもしなにかヘンなことが起こっても、それはそれということで、お願いします』

「ああ、なにが起こるかわからないもんな。たぶんスゲー危険だし、今の俺達」

携帯電話を握っていない方の手で、太一は体の各部を触る。異常はどこにも見当たらない。だが目に見えて変化しない分、逆に気味が悪い。

己の体の中でどれだけのものがうごめいているのか、全くわからない。

『危険……、だよね。どう考えても。なにやっちゃうかわかんないんだし……。……あの、今度は懺悔《ざんげ》してもいいですか？』

またよくわからない単語が出てきた。

「もちろん構わんが……。懺悔？　俺に？」

『太一になにか悪いことしたっていう訳じゃないけど、なんか今罪悪感があって。……それを太一に言って少しでも楽になろうと、そういう魂胆《こんたん》。……うん、さいてーだ。ゴメン』

「最低とか、そんなことねえよ。愚痴《ぐち》を聞くくらい、いくらでも付き合うぞ。……そういうもんだろ」

恋人だったら、とは、まだ言えなかった。

『ありがとう、太一。……甘えさせて下さい』

おう、と太一は力強く返事をした。

『やっぱりね、未だにわたしは、自分に自信がないんだ』

久しぶりにはっきりと、永瀬が己の悩みをさらけ出した。

人の顔色を窺《うかが》い過ぎて、色んなキャラを演じ過ぎて、本当の自分を見失いかけてしまった永瀬。

以前太一の言葉でいくらかましになったとは言っていたが、まだ完全に吹っ切るまでには至っていないようだ。

それほど、簡単なものでもないのだろう。

「そうか……」

わかってはいても声が沈んでしまった。

『あ、もちろん前ほどじゃないよ！　というか太一のおかげでかなり楽になってる。最近は結構、どんな人にでも自然体でいれるような感じがしてさ、うん本当に』

「それは、よかったな」

『うん、本当にありがとう。けどさ、まだたまに自分の中で「これでいいのかな？」って迷う時があって、それで――』

――わたしは〈ふうせんかずら〉が引き起こしたこの現象にちょっと期待しちゃって

る。

硬質《こうしつ》な声で永瀬は言った。

笑顔の消えた永瀬の冷たい表情が、太一の脳裏に蘇る。

『自分が心の中で、本当に思っている欲望を解放する、自分の意識で変なバイアスがかからないそれが、とりもなおさず、本当の自分のような気がして。なんか違う気もするけど、でもやっぱり本当の自分がわかるかもしれないと思うと……期待しちゃう』

心の中で本当に望んでいることと。

本当の自分と。

なにが正しいのかは、太一になんてわからない。

ただ永瀬の言わんとすることはわかった。そして、そう思う気持ちも。

『でね、そんな考えをしちゃう自分が嫌。今危険な事態だし、唯と青木なんかはもう既《すで》に大変なことになっちゃってるのに、こんな自分勝手なことと思う自分が嫌』

でも嫌なのに思っちゃうんだよなぁ。永瀬は最後に付け加えて呟いた。

『はいっ、懺悔終了です！　付き合って貰ってゴメン！　今度なんかおごるとかする！』

相変わらず切り替えは早い。もう先ほどの暗さを微塵も感じさせない明るい声だ。

心の中で、どう思っているかはわからないけれど。

太一はなにか言いたかった。でもなにを言えばいいか見当がつかない。

『じゃ、遅くにありがとうね。また、明日』

電話を切られてしまう。なにかを言わなくては。

「そういうのも本当の永瀬だよなっ！」

頭で上手くまとまっている気配はなかったが、口は勝手に動いていた。

『え？』

「だからっ……、そういう冷静なものの捉え方して、自分を客観的に見られるのも、本当の永瀬だよな！」

なんとか、思いを届けようとする。

『えと……、あと……、そー……なのかな？』

「うん……、たぶん。……本当の自分って、そういう風に、普段の生活からも、わかるもんだと、思うから」

『……へへっ、もの凄く大変なことになってるのに、太一がいると、なんか大丈夫な気がする。わたしも頑張って、そんな風に思って貰えるようになりたいよ。じゃあ、ね』

「おう。じゃあ、な」

電話が切れる。

太一は携帯電話を閉じてその場に置いた。

頭と胸になにかもやもやが残っている。

もやもやの正体を見極めようとするけれど、いっこうに摑める気がしない。

「やめた」

太一は勢いをつけて立ち上がる。

壁まで歩いていって窓を開けた。涼《すず》やかな風が吹き込んできて、部屋の空気が入れ替わる。

厚く雲が張っていて、夜空に星は見えなかった。

明日はどうなるのだろう、なにが起こるのだろう、なにが変わるのだろう。

自分達は、現状を受け入れることにした。その戦いが明日から始まる――いやもう始まっているのだ。

「なんとか、なる。なんとか、する」

太一は一人呟いてから、窓を閉じた。

三章

変わりましたか、日常は

朝、学校に行くかどうかさえ迷う。

一歩外に出れば、そこは危険だらけの戦場なのだ。

でも、だらだらと引き延ばすよりさっさと終わらせた方が、潜在的《せんざいてき》な危険度は下がる気もする。

奴の言葉からして、ひきこもりは地獄を呼び寄せる可能性もある。

第一、部屋にこもり切れるかも実は曖昧《あいまい》だ。

だって、『出たい』と思えば、出るしかなくなるのがこの現象なのだ。

まあ確かに、時と場合によっては効果的であると認めざるを得ない。

自分達が打てる中では、唯一《ゆいいつ》の有効手と言うこともできる。

だが自分の場合はどうだろうか。

一人でうじうじと考え込めば、終わりのない泥沼《どろぬま》に入り込んでしまう自分の場合は。

どこまで深く沈むか。どこまでえぐく沈むか。その果てになにを見るか。

わかったもんじゃない。

ならやはり、適度に皆で楽しくやっていた方がいいのかもしれない。

満たされていれば、大それたことを望まないようになる……かもしれない。

だがその場合も距離感が難しい。

遠ざかり過ぎれば求めたくなるのは自明《じめい》の理《り》。しかし近づき過ぎれば、もっと求めたくなる危険性もある。人間とはそういうものだ。

結局、どこもかしこも茨《いばら》の道。

考えても考えても、自分にとっての答えは見つからない。

本当は、できるのなら、清く正しい善良《ぜんりょう》な心を持っていれば、それだけで解決なのだろうが。


自分は善人であるか？

■□■□■

「おお、八重樫《やえがし》。今日はえらい重役出勤だな」

お昼休みも中盤《ちゅうばん》に差しかかった頃登校してきた八重樫太一《たいち》は、廊下でクラスメイトの渡瀬伸吾《わたせしんご》に声をかけられた。髪《かみ》はつんつん立て気味ウルフの、サッカー部所属、さわやかイケメンの憎い奴だ。

「いやまあ……、ちょっとな」

言葉を濁《にご》して曖昧に誤魔化《ごまか》す。今朝あった『欲望解放』の影響に、太一もまだ戸惑《とまど》っていた。

「お前みたいな真面目《まじめ》君が遅刻なんて珍《めずら》しい」

「遅刻しないのは普通だろ」

「お〜、優等生の言うことは違うね〜」

渡瀬はけらけら笑ってふざけた調子で言う。

「あっ、そういやお前今日すっげー惜《お》しいことしたぜ？　大事なあの子の大事なシーンを見逃したんだからな。いや〜、あれは傑作《けっさく》だった！」

「大事なあの子って？」

「お前と同じ部活の子だよ」

「永瀬《ながせ》のことか？」

「ほう……、お前の本命は永瀬だったか」

「な、なんでそうなるっ」

「うちのクラスでお前と一緒の部活なの稲葉《いなば》と永瀬なんだろ？　それで『大事なあの子』と聞いて永瀬の名前を挙《あ》げるということは……」

「ぐっ……はめやがったな……」

渡瀬は存外《ぞんがい》やり手だ。勉強はできないが（というかやらない）。

「へっ、何回聞いても、どっちが本命でどっちが遊びの関係狙ってるのか答えないお前が悪い」

「だからそういうんじゃないっていつも言ってるだろうが」

「はぁ？　あんな美人とかわいい子ちゃんはべらしてどっちに手を出す気もないとか、マヌケな嘘《うそ》もいいとこだぜ？」

男女にしてはよく一緒にいるのは認めるが、はべらしていると勘違《かんちが》いされるほどではないと思っているのだが……。

「ま、とにかく永瀬が本命なんだな。相談ならいつでも乗ってやるから頼りにしろよ」

「いらねえよっ！　……いやっ、……やっぱお願いするかもしれません……」

太一がごにょごにょと尻切《しりき》れとんぼに言うと、渡瀬は一瞬驚いた顔をした。

それからフッと笑って遠くを見つめる。

「そうかそうか。お前もそこまで成長したか。長く見守ってきたから感慨《かんがい》もひとしおだよ……」

「まだ俺とお前が出会って半年ちょっとだろ」

「ふはは、気にすんな。じゃ俺食堂行ってくるからお前は愛《いと》しのあの子に会ってこいよ」

「愛しって言うのやめろ。……あ、ちょい待て！　変な噂《うわさ》とか流すなよ！」

背中越しにひらひらと手を振って、渡瀬は歩き去っていく。

その背中を太一は見送る。

廊下の角を曲がり、渡瀬の姿が見えなくなった。

はぁ〜、と太一は大きく溜息《ためいき》をつき、窓から外を覗《のぞ》く格好《かっこう》で壁に寄りかかった。

「ああ……、なんかすげえ緊張した……」

誰《だれ》にも聞き取られない小さな声で太一は呟《つぶや》いた。

心臓がバクバク音を立てている。

もし『欲望解放』が起こってしまったら——。

その恐怖は嫌でも脳裏《のうり》に染みついたまま離れない。

「こんなんで一日保《も》つのか……？」

今朝稲葉姫子《ひめこ》から他の文研部員《ぶんけんぶいん》にメールが届いていた。『もちろん注意することは大《だい》前提《ぜんてい》として、ひとまずは可能な限りいつも通りいてみよう。大丈夫、自分を信じろ』とあった。

昨日の稲葉の論には、太一自身とても納得がいっている。

自分を信じよう。

過剰《かじょう》なことを思ってはいけないと意識した、いつも通りの自分なら、問題になるようなことはなにも起こすはずがないと、信じよう。

「太一、なぜ遅刻した？　なにかあったか？」

顔を合わせて開口一番、稲葉が尋ねてきた。

「なにかあったと言えばなにかあったけど……、なにもなかったと言えばなにもなかったような……。いや、たぶん『欲望解放』はあったと――むぶふっ!?」

稲葉が太一の唇《くちびる》を右手で挟《はさ》んだ。

「痛えよ！　爪立てるなよ！」

稲葉の指を振り解《ほど》きながら太一は言った。唇がひりひりする。

「されたくなけりゃ教室でそっち関連のことを話す時は、もう少し声を抑えて人に聞かれてないか注意して喋《しゃべ》れ、バカ」

「……ご、ごめんなさい」

びっくりするくらい正論だったのですぐ謝罪《しゃざい》した。

昼休みの教室には、クラスの半分くらいの人間が残っている。ざわついているので、小声でこそこそ話している限りは、盗み聞きされる心配は少ないだろう。

「……ただできれば注意の仕方を、もう少し痛くないようにして頂けるとありがたいです」

「お前がバカな真似《まね》しなけりゃいいだけだろうが。アタシは理不尽《りふじん》な暴力振るった覚えなんて一つもねえよ」

そうだったろうか。なんとなく違う時もあったような……。

「で、どうしたって？　……というか太一、若干《じゃっかん》ほっぺたが赤くないか？」

「うおっ、まだ赤いか⁉　もうひいてると思ってたのに……」

太一は自分の頰《ほほ》をぺたぺたと触る。

「ほんの少しな。別に気づかん奴は気づかん程度だ。んで、どういうことなんだ？」

「いや、こんなことにも起こるんだってびっくりしたんだが、どうやら……今日の朝『欲望解放』が起こった……んだと思う」

「どんな？」

稲葉の眼光《がんこう》が鋭くなり、表情も真剣なものに変わる。

「おそらく……『睡眠欲』だ」

「…………せいっ！」

稲葉のデコピンが飛んできた。

「痛っ⁉　おいっ、今のは間違いなく理不尽な暴力だろっ」

「死ぬほど平和的なのに、深刻そうな顔して言うからだ。変に緊張させるなバカ」

「そっ、そんなこと言うがな。めちゃくちゃ大変だったんだぞ」

朝、いつも目覚める時間になっても、どれだけ目覚ましが鳴っても、太一の目は覚めなかった。やがて遅刻が危《あや》ぶまれる時間になると、母親に言いつけられた妹が太一を起こしに来た。

だが妹がいくら揺すっても叩いても太一は目を開こうとしなかった。

そのため初めは普通に起こそうとしていた妹も、だんだん太一の目が一向に覚めないことに恐怖を感じ始め、しまいには連続で往復ビンタをしこたま喰《く》らわせたのだが、それでも起きなかったのでついにはわんわん泣き出してしまった。

妹の泣き声を聞きつけると、流石《さすが》に母親も太一の部屋にやってきたが、母親は冷静に脈やら寝息を確認すると、「ま、大丈夫っしょ。たぶん睡眠時間足りてないだけだから」とさっさと妹を学校に向かわせ、自分も仕事に向かった。

——ということを太一は昼前に起きた後、食卓に置かれた書き置き＋妹から送られてきていたメールで知った（情報源のほぼ九割は妹）。

「あれだな、この親にしてこの子ありって感じなんだろうな」

「どこら辺がだ？」

「そこら辺の鈍感《どんかん》さと大抵のことには動じない妙な図太さだよ！」

嫌だ。明らかに息子の様子がおかしいのに「大丈夫っしょ」の一言で片付けてしまう親と同列に見られるのなんて、どう考えても嫌だ。

「だがまあ、話を聞く限り、『欲望解放』は起こってたんだろうな。なにか体に変化とかはないか？」

「いや、なにも。しいて言うなら頭がとてもすっきりとしていることくらいかな」

「それはたっぷり睡眠を取れたからだな。バカ」

もう稲葉にバカと言われても堪《こた》えなくなってきている。

たぶんよくない傾向だ。

「頭の中で声が聞こえたか？」

続けて稲葉が訊《き》いた。

「……少なくとも記憶にはないな。寝てたから覚えてないだけなのかもしれないけど」

「ふうん。ま、大丈夫そうだな。睡眠中に『欲望解放』が起こり、もう少し寝たいという欲を強制的に発現させた……ってとこかな。……と、一度目が覚めて二度寝した訳ではないんだな？」

「ああ、たぶん」

「そうか、ならとりあえずあのクソ野郎が言った、無意識レベルの『欲望』も汲《く》み上げるってのは立証《りっしょう》されたな。寝てたって関係ないんだからよ」

稲葉は腕を組み思案顔をする。

「……にしても今までの例とは違いやたら時間が長かったたな……。『欲望解放』の時間がそれだけ長かったのか、太一の妹がどうのこうのの後は『欲望解放』が終わっているのに、ただ寝ていただけなのか……。ま、どっちにしても結構長かったのに、家で寝てる時である意味助かったたな」

「そう思っておくよ。……ところでさっきからずっと気になってるんだが」

「ん？」

「そこで机に突っ伏して死んでいる永瀬は……『欲望解放』が起こり、その時『寝たい』と強く思っていたということではないんだよな？」

先ほどから太一と稲葉が、すぐ側《そば》で立ち話しているというのに、永瀬伊織《いおり》は一切会話に加わろうとせず、またぴくりとも動かない。

「いやその心配はたぶんいらん。だが……、心に負った傷は少々気になるがな。変に落ち込み過ぎるなとだけは言ってあるぞ」

「なにか……あったのか？」

渡瀬も大事なシーンがなにやら言っていたのを太一は思い出した。

「と、太一が訊いてるぞ」

ぽん、と稲葉は永瀬の肩に手を置いた。

「うう……」

呻《うめ》きつつゆらりと永瀬が顔を上げた。憔悴《しょうすい》した表情で、目は赤く充血している。括《くく》られた後ろ髪もしょんぼり沈んでいるように見える。

「どうした？　なにがあった？」

うろたえ、太一は尋ねる。なにか非常事態があったとしか思えない。

「ねえ太一……」

「なんだ？」

「太一はさ……、なんかシリアスな空気の場とか、みんなが静かにシーンとしている空間にいる時に……例えば映画館とか学校のテスト中の時に……それをぶち壊したいという衝動《しょうどう》に駆られたことはない……？」

「うーん、俺はあまりないが……。気持ちがわからんこともないかな。というか、永瀬って割とそういうとこあったような……」

……まさか。

太一の顔が引きつった。

「授業で小テストやらされてみんながしんとしてる時……突然叫びたくなって……『ひゃっほ～い！』……叫んじゃった……」

とても悲惨《ひさん》な事件だった。

「しかもやたらと発音のいい英語風＋右手を高々上げたジャンプ付き」

「い、稲葉ん……。傷口に塩を塗《ぬ》らないで……」

たぶん、もの凄《すご》くシュールな光景だったろう。

「最終的には教師にも『寝ぼけてました』で誤魔化し切れたから、明確な実害があった訳じゃないけどな」

稲葉が付け加えて説明した。

「で、みんなの反応はどんな感じだったんだ？」

おそるおそる、太一は稲葉に訊いてみる。

「そりゃびっくりしてたし、その後大爆笑だったけど、まあ、伊織ならそんなこともあるか、みたいな感じで取り立ててどうこうもなかった」

「それが一番ショックなんだよ～！　授業中に『ひゃっほ～い』って叫んで、『そんなこともあるか』で許されるって……。いったい……わたしはみんなにどんな風に見られているの……」

ううう、と永瀬はハンカチを手に涙を拭《ぬぐ》う。

「しかし永瀬って本気で心の底から、授業中に『ひゃっほ～い！』と叫びたいと思うようなキャラだったのか……」

「太一……冷静な口調で納得したみたいな言い方やめて……。『欲望解放』で変に強制させられなきゃ、いくらわたしでもそこまでしないって……」

「それにしてもお前ら……平和な欲望だな」

最後に稲葉が呟いた。

ある昼休み、比較的穏《おだ》やかな一年三組だった。

■□■□■

その日の授業時間をなんとか乗りきり、放課後になった。

太一の中で少しだけ緊張がほぐれる。

まだ注意しておかなければならないのは当然としても、事情を知った者同士しかいない文研部部室は、太一達にとっての安息地《あんそくち》だ。

部室には、今日も文研部の四人だけが集まっていた。五人が揃《そろ》ってはいない。桐山唯《きりやまゆい》は、また学校を欠席していた。

一度桐山の様子を見に行った方がいいのではないか、という議論になった。なんだかんだと話し合ったあげく、直接本人に電話をかけると、「乱闘《らんとう》騒動のほとぼりが冷める週明けから学校に行きたい。来なくても大丈夫」などと、あまり来て欲しくなさそうな反応だったので、取りやめということになった。

〈ふうせんかずら〉が出てきてからあいつと直接会っていないのは、かなり気にかかるところだが……。一応電話やらメールやらは何度もしてるからなぁ。今はそっとしておいてやるのがいいのか……」

視線を下げて、稲葉がぶつぶつと呟く。

「くそ、唯……大丈夫かな。〈ふうせんかずら〉のせいでこんな……。駅の乱闘の時もすげー泣いてたのに。また唯が泣いてたりしたら……。許せねえ……！」

「青木《あおき》！　問題だ！　唯のイイところを五つ挙げよ！」稲葉が唐突《とうとつ》に叫んだ。

「可愛《かわい》い！　明るい！　強い！　超可愛い！　髪キレイ！　ちっこい！　純情《じゅんじょう》！　いい意味で子供っぽいって……明らかに五つじゃ足りねぇ！」

「なら『可愛い』二回言うな。というか八個くらい言ってたぞ」

ぼそりと太一はつっこんだ。

「で、青木。怒りは静まったか？」

「ほゎい？　オレ怒ってたっけ？　あ……、ちと〈ふうせんかずら〉にむかむかしてたか……それが？」

「昨日言ってただろうが。『激しい感情は抱《いだ》くな』ってヤツだよ。思っていることが大したことなけりゃ『欲望解放』なんて関係ないんだからよ」

「そうでした……。でもつい……」

青木が項垂《うなだ》れて反省の意思を見せる。

「だよなぁ。『欲望解放』が起こった時に思っていることが、『ひゃっほ～い！』って叫びたいくらいのことだったら、それだけで済むんだしな」

「ねえ太一？　それ新手《あらて》のイジメ？　ねえイジメ？」

永瀬は太一の制服をぐいぐいと引っ張った。

と、下を向いていた青木が、ぱっと顔を上げる。

「……つか、いつも通りの方がいいとかも言ってたよね？　うむむ……どうしたらいいんだ……！」

「本当は『欲望』を弱くできればいいんだろうが、アタシらで完璧に感情を制御するのは、無理があるからな……。でかいトラブルを避ける観点で言えば、変に溜《た》め込まないでいつも通りやって、後は怒りとかの感情が込み上げてきそうになったら、なにか他のことを考えて穏やかな心を持つようにする、って感じかな」

稲葉が言った。

「……う～ん。つまりオレはむかむかしたり怒りたくなったら、唯のことを思い出して、穏やかな気持ちになればイイ訳？」

「……まあ青木の場合はそれでいいんじゃないか」

若干呆《あき》れ気味に稲葉が頷《うなず》く。

「オッケー、ちょっとやってみよ。唯が一人、唯が二人、唯が三人……」

「羊か」と太一はつっこむ。

「唯が四人……あれ？　なんかスッゲー唯に会いたくなってきた……！　ヤバイ……今すぐにでも駆《か》け出してしまいたいような衝動が……まさか『欲望解放』が……！」

「アホ過ぎてつっこみたくないけど面倒臭いから言っといてやるよ！　加減を知れ！そしてたぶん『欲望解放』なんて起こってねえ！」

ビシッ、と稲葉が青木の頭を叩いた。

「稲葉ん、抑えて抑えて。言ってる本人が一番感情動かしちゃってるよ」

永瀬が全くもっての正論を述べてから、続けて呟いた。

「でも唯は心配だなー。駅で喧嘩《けんか》して男殴《なぐ》り倒したって……、唯のショック相当大きそう……。色んな意味で」

男性恐怖症で、でも戦闘能力だけは男を上回ることがある桐山。

いつか桐山が悩みを晒《さら》してしまった時の、泣きそうな瞳《ひとみ》が思い起こされる。

小柄《こがら》な体で痛みに耐える桐山を、太一は守りたい、守ってあげなければと思う。

【救え】

頭の中で、自分の声が聞こえた。
突然、意識が遊離《ゆうり》したような感覚に陥《おちい》る。
意識ははっきりと保ったままだ。
そして体が熱くなった。
太一は椅子《いす》を蹴るようにして立ち上がる。
突然立ち上がった太一に、他の皆が驚いている。
『欲望解放』だ――そう伝えたい。だが自らの意思で口を動かすことができない。
すぐにでも走り出したいという衝動が突き上げてくる。
でも自分はそうしたくない。
自分の中で、なにかとなにかがせめぎ合う、せめぎ合っている。
「行ってくる」
言いたくもないことを口にして、太一は後ろを振り返り扉の方へ向かう。
「まさか……『欲望解放』が起こってるのか？」
遠くの方で稲葉の声が聞こえた気がした。
もう、周りのものが視界に入らなくなる。

頭はたった一つの事柄に支配される。それをやらなければならないと思う。立ち止まりたいと確かに思っているはずなのに、止まらない。

太一は駆け出そうと——。

「ちょ、ちょっと太一⁉」「ウェイト、太一！」

太一の左腕が永瀬に、右腕が青木に摑《つか》まれる。

手を振り解こうと太一は体を揺する。

「しっかりしろ、太一！　さっき言ってたみたいに頭の中で唯を数えるんだ！　あ……太一には効果ないのか」

青木の声が聞こえる。

「太一！　どうしたの⁉　なにがしたいの⁉」

続けて永瀬の声も聞こえてきた。太一は内から込み上げてくる言葉を吐き出す。

「……助けなくちゃならないんだ……。俺は悲しんでる桐山のことを助けなくちゃならないんだ……」

ごつん。

いつの間にか正面に回り込んでいた稲葉が太一の顔をぐーで殴った。

「どれだけ人を助けたい衝動持ってるんだよお前は。若干キモイぞ」

太一だってそう思う。さっき皆で今日桐山に会いに行くことはやめようと決めたのだ。でも桐山が悲しんでいるかもしれないと思うと堪《たま》らない。今すぐ行ってなんとかした

い。

手を振り解く。

また摑まれる。

「おーちーつーけー！」

永瀬が太一の手を引っ張る。

「『唯を助けたい欲』って……なんか放っておいても大丈夫な気もするが……。やっぱ止めた方がいいか。よしっ、伊織っ、太一に抱きつけ！」

「了解、稲葉ん！　……ってなぜわたし⁉　力任せなら青木でしょ⁉」

永瀬と稲葉がわちゃわちゃやり出した。

「違う、ちょっと思いついたことがあるんだ。今太一の中にある欲望を上回る別の欲求を生み出してやれば、『欲望解放』の方向性が変わるか、もしかしたら解放が終わるかもしれない……とは思わないか？」

目の前で稲葉が勝手なことを話している。その稲葉を避けて進もうとすると、稲葉も太一を押さえにかかった。

三人に押さえられ、太一はじたばたともがく。

「成功する可能性は低そうだが試《ため》すのも悪くない。だからいけっ！　下から潜り込むようにしてむぎゅっとやったれ！　太一のスケベ心を煽《あお》るようにして、さあ！」

「いやいやいやいやいやいや……！　いや、別に嫌じゃないけどさ！」

「伊織ちゃん、太一のために一肌脱いでくれ！」

青木も稲葉に乗っかって言い出した。

「～～～ていうかお前ら本気で俺を助けようとしてるか⁉　ちょっと遊んでないか⁉」

太一は全員の手を振り解いて叫んだ。

「問題あるか？」

さらりと稲葉が述べた。

悪びれた様子もなく言われるとは思わなかった。どうしよう。

「だって危なくなさそうだし。流石は自分より他人の自己犠牲《じこぎせい》野郎」

稲葉が平然とした様子で言っていると、永瀬が太一を指しながら口を開いた。

「てゆーか太一、……もう衝動収まってるんじゃない？」

■□■□■

「『欲望解放』状態にある時間は、どうやら数十秒や数分ってのが多いみたいだな」

落ち着きを取り戻した部室で稲葉が言った。

「俺に今朝起こった『睡眠欲』の件はどうなるんだ？」

「……とりあえず例外だと思いたいよ」

痛いところを突かれた、という感じで稲葉は眉《まゆ》をひそめた。

「結構短い……って言えるのかな？　なんかそれだと、『これこれがやりたい』って思っても、それがすぐできる状態じゃないと、その前に『欲望解放』状態が終わりそうな気もするね」

永瀬が言う。

「んなパターンも多いかもな」

稲葉が頷いたのを確認して、永瀬は続けた。

「じゃ、すぐに実現できないような『欲望』を常に願ってればなにも起こらないということに……」

「でもさー、だいたいその瞬間やりたいと強く思ってることって、基本的には身の回りにあることとじゃないかな？　やっぱ意識しちゃうもんだと思うし」

青木がそんなことを言うと、永瀬が顔の前に両手を挙げた。

「あ、あ、青木にまともな反論されちゃった！」

「そんなにびっくりするかな伊織ちゃん!?　オレだって知的な時はあるよ！」

「……やはりヤツはアタシらが起こす騒動や事件より、それによって惑《まど》わされるアタシ達を観察して楽しんでいる……？　……心の動きやアタシ達の関係の変化がヤツらにとっての関心か……？　ならわざわざ説明をしに来たりするのも、現象を大ごとにしたいのではなく、あくまでアタシ達を揺さぶるための契機《けいき》にしたいからだと考えれば……」

青木と永瀬がわーわー言い合う横で、稲葉は一人で推論《すいろん》を進めている。へふうせんかずら〉への徹底抗戦宣言《てっていこうせん》は虚勢《きょせい》ではないらしい。流石は、稲葉姫子だ。

ぴしっと背筋を伸ばしたまま爪を軽く噛《か》み、稲葉は物思いにふけっている。

太一がそれを眺めていると、稲葉が視線を上げた。ばちりと目が合う。

「なにエロい目で見てるんだよ」

「全くエロい目なんてしてねえよ。……いや、まさか俺の目がデフォルトでエロそうなんてことはないよな？」

だったら嫌だ。恐くてもう女子を見ることができなくなりそうだ。

と、今度は目を細めて稲葉が見つめてくる。

「な、なんだよ？」

「ん、やっぱりこの現象で一番危険なのは、太一かなと思って」

「どういう意味だ？」

「だってお前。素面の時でさえ誰かのために死のうとしたじゃねえか」

誰かが死ななければならないなら、死にたいと言った、自分。

「そんなお前の心からの欲求が解放されたら、どうなるんだろうな。アタシは正直、恐ろしいとさえ思うよ」

太一は、反論することができない。

「お前、今度こそ死ぬんじゃねえの？」

そんな人間では、もうないと思う。いや、思いたい。

自分はちゃんと学んだのだから。

周りにいる人間のことを考えないで、自分の感情だけで行動すれば、結果的にそれがどれだけ人を傷つけるか、人に迷惑をかけるか、ということを。

気をつけようと心がけてはいる。

でも、心の奥底ではどう望んでいる？

それは、自分にもわからない――いや。

この現象で――『欲望解放』でわかるのか？

四章　バラバラと崩れる

偶然運がよかったのか。

それとも自分はそんな人間だったのか。

とりあえず土曜日曜と大したことはなかった。

やはり現状の対策が功《こう》を奏《そう》しているのだろうか。

あったことと言えば、夕食時に兄のおかずを奪《うば》ったこと。財政的に厳しいから我慢していたパソコン周辺機器を、ついネットで買ってしまったこと。誰《だれ》もいない時、家で一番大きな姿見の前にて、下着姿でポーズを取ってしまったこと。男の生態への好奇心から、兄の部屋に無断侵入し、エロ本を探そうとしてしまったこと（すぐやめたので見つからなかった）、くらいのものだ。

うん、どれも大したことじゃない……と思う。

連絡を取り合った限りでは、他の奴らも、似たり寄ったりのことしか『欲望解放』で起こしていなかった。

曰く、妹に彼氏ができてないか不安で勝手に携帯《けいたい》を見てしまい、それが原因でその日一日妹に無視され、次の日コンビニスイーツを大量に奢《おご》らされた。

曰く、買い物帰り、突然木に登りたくなって登ってしまい、よくよく考えればその間スカートの中のパンツが丸見え状態で非常に恥ずかしい思いをした。

曰く、この世から勉強なんて消えてなくなればいいんだと思い、教科書ノート類を古紙回収に出してしまい、後で慌《あわ》てて取り戻しに行った。

他人に見咎《みとが》められても、「バカ」と笑いながら注意されるくらいのことばかりだ。

月曜日、朝、家を出る。

いつも通り。いつも通り。いつも通り。

今日も率先《そっせん》して、いつも通りを導《みちび》こう。

きちんと注意をしていれば、奴らはいつも通りの方が大丈夫だろう。

奴らは、いい人間だ。

善人であればあるだけこの現象は恐れる必要がなくなる。

だから、いつも通りにいる方が皆にとっていいことなのだ。

そして自分も――。

――いや、自分の場合は。

人間不信とまで言うつもりはないが、自分は他人のことをあまり信用していない。

この世は、『敵』だらけなのだと理解している。

なぜか？　――人は黒いものだと思っているからだ。

なぜか？　――自分が黒い人間であるからだ。

でも奴らのことはいい人間だと思っているんじゃないか？

――知るか。

なにが正しいかなんて、自分にわかるはずがない。


自分はどういう人間であるか？

■□■□■

二時間目終わりの休み時間、教室に戻ってきた永瀬伊織《ながせいおり》が、八重樫太一《やえがしたいち》に報告してくれる。

「一組に行ってきたけど、今日も唯《ゆい》、学校に来てない、ってさ……」

「そう……、か」

桐山《きりやま》唯の欠席は、土日を挟んでこれで四日連続になる。

なにかあったのだろうかと、太一は嫌でも心配になった。

「ケータイで連絡した時は大丈夫だって言ってたけど……」

永瀬が呟《つぶや》いた時、稲葉姫子《いなばひめこ》も二人に近づいてきた。

「潰《つぶ》れたとは思いたくないな……」

「潰れた……ってなにがだ？」

　太一は稲葉に尋ねる。

「この現象も前と同じで……誰が壊れたっておかしくないってことだよ」

潰れる。壊れる。そんな単語さえ、大げさであるとは思えない。

「今日こそは、絶対唯の家に行こう。唯が要《い》らないって言っても。わたし場所知ってるし」

酷《ひど》く不安げな瞳《ひとみ》で永瀬が言った。

「ああ、そうしよう」

　太一は顔を引き締めて頷《うなず》いた。

「つーか、お前らまだなにがあったかわかんないんだし、そんな深刻な顔するなって。笑え、笑え。重苦しい空気で行くと、唯のヤツも釣《つ》られて塞《ふさ》ぎ込んで逆効果になるかもしれないぞ。明るくいけ、な」

　自分達の様子を気遣って、稲葉は笑ってくれた。

　なぜ連想したのかはわからないが、一瞬だけ、その稲葉の笑顔こそが一番脆《もろ》く思えた。

■□■□■

桐山の家は団地にある二階建ての一軒家《いっけんや》だ。

太一が二度目のチャイムを鳴らしたところで、インターホンから応答があった。

『はい……』

かすれていて元気もなさそうだが、間違いなく桐山の声だ。別の誰かが出てこなかったので、太一は少し安心する。

「桐山さーん、あーそーびーましょ」

永瀬が小学生のようにおどけて言った。どこまでが本心で、どこまでが装《よそお》っているのかわからないが、とても明るく振る舞っている。

『えっ、待って。い……伊織？　ウソ？　どうして……』

アポなし訪問だったので、桐山はかなり驚いていた。

「ちなみにオレもいるよ～ん。後稲葉っちゃんも太一も」

にゅっ、と横から顔を出してきた青木義文《あおきよしふみ》がインターホンに向けて手を振った。

「カメラ付いてないぞ」

わかってやっているのか知らないが、太一はつっこんでおいた。

『うぇ、え……、み、みんないるの……？』

「お見舞《みま》いに来たんだけど、入っていい？　家の人がいて不味《まず》いとかある？」

永瀬が青木を押しのけつつ、インターホンに顔を近づけて言った。

『今誰もいないけど……でもダメ！　家、入らないで……。帰って』

声は震えていた。でも、拒絶《きょぜつ》の意思は明確に感じられた。

「男がいちゃダメ？　わたしと稲葉んだけなら平気？」

『それは関係ない……。とにかく、家には、上げられない』

「だから、なんで――」

「その制服……もしかして唯の友達かしら？　家《うち》になにかご用？」

そこに桐山の母親らしき人がちょうど帰宅してきた。


桐山はここのところ、ずっと自分の部屋に閉じこもっているらしかった。

想定していた中でも、悪い部類に入るパターンだ。

「ほらっ、唯！　開けなさい！　友達が来てくれてるのよ！」

桐山の母親がドンドン扉を叩きながら叫ぶ。

『うるさいっ！　帰って貰《もら》って！』

扉の向こうからも同じく叫ぶ声が返ってくる。

「ごめんなさいね……。最近ほとんど部屋に閉じこもっちゃって出てこないの……」

太一達の方を振り返った桐山の母親が、申し訳なさそうに俯《うつむ》いた。元々小柄な体なので、酷く小さく見えてしまう。

「こんなこと今までなかったんだけど……。やっぱりあの警察にお世話になっちゃった事件が堪《こた》えてるのかしら……」

「大丈夫ですよ、お母さん。今は少し動揺《どうよう》しているだけだと思います。すぐまた元気になりますよ」

稲葉が外面全開の顔で愛想《あいそう》よく微笑《ほほえ》む。やろうと思えばこういう対応もできるらしい。

「そうですよっ、お義母《かあ》さん！　僕らに任せて下さい！」

「青木、お前『お母さん』のとこ変に強調して……、まあいいや」

つっこみかけて太一はやめた。なんか面倒臭かった。

「うちの子のためにありがとうね……」

桐山の母親は深々と頭を下げた。

いえいえ、と太一達は謙遜《けんそん》する。

「じゃ……、私はここにいたら邪魔になるわよね。下の階にいるから、なにかあったら言って下さいね」

言い残して桐山の母親は階段を下りていく。背中が少し寂しそうに見えた。思えば顔色もよくなかった。

この現象が起こっているのは確かに太一達五人だけだ。けれどもその影響は周りにも及ぶ。自分達が背負っているものの大きさを、太一は感じた。

「唯。お母さんを悲しませるのは、感心しないよ」

珍《めず》しく、永瀬は怒りを滲《にじ》ませた口調だった。離婚を何度も繰り返し現在母子家庭《ぼしかてい》である分、母と子の関係には、人並み以上に思うところがあるのかもしれない。

「とりあえずさ、唯。一回ちゃんと話しようぜ。今大変なことになってる訳だし」

青木がそんな風に言ってみても、桐山は頑《がん》として扉を開こうとしない。

『だから……帰ってよ……。気持ちは凄《すご》くありがたいから……。またもうちょっとしたら学校にも行くから……』

「ふう、面倒臭いな」

稲葉がゴキゴキと首を鳴らした。

「なにか……する気か？」

太一はたじろぎつつ尋ねた。

「別に。さっさと扉を開ける魔法の言葉でも言おうかと思っただけさ」

「何者なんだお前は……」

「ゴホン。え〜、では今から部屋に入れてくれるまで、桐山唯さんの秘密を暴露《ばくろ》していきまーす。まずスリーサイズは上から……」

がちゃん。

「待った待った待ったまったたあああ！　入れるから待ったああああ！」

「……チッ、あれとかこれとかそれとかまで言えたら面白かったのに」

すぐに折れた桐山の判断は、本当に正しかったと太一は思った。

桐山はベッドの上で、小さく縮こまって体育座りしている。上はトレーナー下はジャージと、家着丸出しのスタイルだった。常々丁寧《ていねい》に整えられている栗色の長髪も、今日はぼさぼさになっていて、顔にも疲労《ひろう》の色が濃い。

太一達四人はそれぞれ床に腰を下ろした。四人座ると少々窮《きゅう》屈《くつ》だった。

「突然押しかけてゴメンね、唯。でもあまりにも心配だったから……」

「……ううん、いいの、伊織。なにも言わずひきこもったりすれば、そりゃ、おかしいと思うのが普通だもん」

桐山は、花柄の大きな枕《まくら》をぎゅっと抱きながら首を振る。

「具合悪いとかある？　だったらすぐ帰るけど。……ってかおでこにでかいニキビできてるけどなんか関係が……」

「ダメダメダメメっ！　見ないで！　がうっ！」

青木に指摘《してき》されると、桐山はあわあわと前髪を手櫛《てぐし》して額《ひたい》を隠すようにした。

「これは……あたしの一生の不覚よ……」

「暴飲暴食でもしたか？」

稲葉が言うと、「むふっ!?」と声を上げて桐山がベッドに倒れた。

図星だったらしい。

「ちっ……違うのよ……。昨日はなぜか甘いものいっぱい食べたいという衝動《しょうどう》が湧《わ》き上がってきて……まあしょっちゅう思ってはいるんだけど……。でも今回は止められなくて……後でカロリー数を確認した時は……もう死を覚悟したわ……」

ちょうどお腹が空いている時か、甘いものを食べたいと思っている時にでも、『欲望解放』が起こったのだろう。

「まさかそのニキビが原因で学校休んだんじゃねえよな？」

「いくらあたしでもそこまではないわよっ」

稲葉の言葉に桐山が体を起こして反論した。

「じゃ、〈ふうせんかずら〉の起こした『欲望解放』が原因か」

ずばり、稲葉が言った。

びくりと、桐山の体が震えた。

顔が、青ざめる。

本当に桐山はわかりやすい。

わかりやす過ぎて、逆にどう声をかけていいかわからないくらいだ。

でも、黙《だま》っていても始まらない。

「唯……大変だよな。欲望を解放とか、やってられないよな」

青木がそう桐山を慰《なぐさ》めるのを尻目《しりめ》に、

「『欲望解放』のなにが原因なんだ？」

太一は訊《き》いた。

と、桐山の目が潤《うる》み、眉《まゆ》がへにゃりと曲がる。

「太一。もう少しやんわりやれないかな」

永瀬がジト目で太一を睨《にら》んだ。

「うっ……すいません」

「アタシは別にいいと思うけどなあ。変にまどろっこしいより好きだ」

「稲葉んと唯は一緒じゃない、のっ」

永瀬に怒られるも、稲葉はへいへい、と受け流し、再び口を開く。

「で、唯。『欲望解放』のなにがひきこもりに繋《つな》がる要因なんだ？　状況の説明はたっぷりしたし問題ないよな？　いや、もちろんいつ自分の意思を無視した動きをしてしまうかわからんってのは、ひきこもりたくもなるとは思うが……そういうことなのか」

顔を伏せるようにして、桐山は頷いた。

「あぁん？　ふざけるなよ、お前。全員同じ条件なんだぞ？」

「だってだって！　……だって、また……誰かを傷つけたく……ない」

ぽろりと、桐山の目から涙がこぼれ落ちた。

桐山は、なによりも誰かを傷つけてしまうことを恐れている。

その気持ちは、痛いほどに伝わった。

「あ、あたしあの日……。男に絡《から》まれてる女の子見て……、『うわっ、サイテー』とか

『助けてあげなきゃ』とか思って……その後、【声】が聞こえて暴れまくっちゃって……」


「だけどそれは〈ふうせんかずら〉が変なことしたからで……」

永瀬は言葉をかけようとするが、桐山はそれを遮《さえぎ》り、叫ぶ。

「でもっ、あたしはっ、その時っ、確かにあいつらを『ぶちのめしてやりたい』と思ってたんだよ!?」

心に生まれた感情そのものは、混じりっ気のない己のものであるという事実。

罪悪感と恐怖心を覚えるには、十分だ。

「特にあたしは男に対する拒否感強いから……、また次なにかあったら……どうなっちゃうかわからない……。そんなので……外になんか出られないよ」

当然の感情だと、太一も思った。

でも、次の瞬間。

「……くだらない被害者面するなよ」

稲葉が憎悪《ぞうお》に歪《ゆが》んだ顔で吐き捨てた。

「……一人だけひきこもって逃げようとするなよ」

桐山を貫《つらぬ》かんばかりに、鋭い眼光《がんこう》で睨みつけている。

稲葉は、完全にキレていた。

ただ普通にキレただけなのか。それとも『欲望解放』なのか——。

「だっ、だって……誰にも会わなきゃ誰も傷つかないで済む……じゃない」

「お前、今の状況わかってんのか、え？　わかってないだろ？」

稲葉が怯《おび》える桐山ににじり寄っていく。

「ちょっと稲葉ん」「い、稲葉っちゃん」「落ち着けよ稲葉っ」

永瀬が、青木が、太一が稲葉を止めようとする。

が、稲葉は止まらない。

「今アタシ達はな、〈ふうせんかずら〉とか言うクソアホンダラな奴の掌《てのひら》の上にいる。そして奴はな、アタシ達を面白くしたいらしい。だから『人格入れ替わり』やら『欲望解放』やらをやっている。ここまではいいか？」

殺気立った稲葉の迫力に押され、他の全員が声を失う。

手を出すでもなくただ話し続ける稲葉を前に、太一もどうしていいかわからなかった。

「この『欲望解放』によるトラブル回避方法で最善なのは、確かに『ひきこもること』なんだよ。それは大正解だ、唯。ただ最善手であるが故《ゆえ》に、最悪の一手でもあるがな」

――ひきこもりは反則か？

そう〈ふうせんかずら〉に訊いた稲葉の声が思い出された。

「誰もいない、なにもいない空間にいれば、なにも起こらない。だからそれはアタシ達が取り得る最大の防御であり、攻撃になり得る」

立ち上がった稲葉は、片足を桐山のいるベッドの上に乗せ、続ける。

「だが訊くぞ、それは奴にとって面白いか？」

〈ふうせんかずら〉の思考も趣向《しゅこう》もわからないので推論《すいろん》でしかないが、それは、面白くなさそうな気がする。

「もう一度訊こう、それは奴にとって面白いか？　そして面白くないとしたら奴はどうする？　アタシは三パターンになると思う。一、面白くないから諦《あきら》める。二、面白くなるまで待つ。三、面白くないから面白くする、だ」

どこまで稲葉は状況の分析《ぶんせき》を行っているのだと、太一は薄ら寒い畏怖《いふ》を覚える。

「アタシは奴に訊いてみたんだ。『ひきこもりは反則か？』と。すると奴はこう答えたんだ。『それはそれで面白い。そして必要とあれば面白くする』」

桐山は涙を流すのも忘れ、色を失って凍《こお》りついている。

「つまり、奴は一のパターンを取らず、二か三を取るつもりだと宣言したんだ。奴の信用性なんて皆無だから、嘘《うそ》の可能性もあるにはある。けれど本当の可能性もある。いやなによりも、奴はそれができるという事実が重要だ」

稲葉の独演会が、やっとのことで終焉《しゅうえん》を迎える。

「お前はひきこもって逃げて、ずっとこの『欲望解放』の状態を続けるつもりか？　それともこの『欲望解放』を越える事態を奴に引き起こさせるか？　お前は自分が楽して、人様にどれだけ負担をかけてるのかわかってるのか、どうなんだ、え？」

「もう……わかんないよ……あたし……。どうすればいいの……」

くしゃくしゃに顔を歪めて桐山が泣く。

「甘えてんじゃねえよ、泣きゃ助けて貰えると思ってんじゃねえぞ」

その言葉は、完全に桐山にとどめを刺した。

「稲葉ん！　言い過ぎ！」

永瀬が声を上げ稲葉を抑えにかかるが、全てが遅かった。

ベッドの上の布団《ふとん》に埋もれるようにして、桐山は泣き始めた。

体を起こせないほどに泣く。

でも、大声を上げないようにと必死に声を押し殺している。

見ているだけで、痛々しくて辛《つら》かった。

言い終えた稲葉は、ただ沈黙《ちんもく》していた。

永瀬がベッドに上がり、桐山の背中を、壊れ物を扱うかのように撫《な》でる。

入れ違いに、稲葉はベッドから足を下ろす。稲葉の表情が、太一にも窺《うかが》い知れた。

その顔は先ほどまでの攻撃性など微塵《みじん》も感じられないくらいに蒼白《そうはく》だった。

それから、血が出るんじゃないかと思うほどに強く強く唇《くちびる》を嚙《か》み締める。

表情があまりにも悲愴《ひそう》であったため、太一は声をかけ損ねてしまった。

やがて稲葉はほとんど崩れ落ちるように、よろよろとベッドの側に腰を下ろした。

やはり、あそこまで言ってしまったのは、『欲望解放』のせいだったようだ。いくら厳しい稲葉だって、普通の状態なら、ここまで桐山を傷つけるような言い方をするはずがない。

「すまん……唯……ここまで言うつもりはなかった……いや、もとより……そこまで怒っているつもりはないんだ……。『欲望解放』で、どうにかなってたんだ……。唯だって……実際に人を傷つけて辛いだろうに……苦しんでいるだろうに……。心ないことを言った……。悪かった……。許してくれ……」

必死に言葉を紡《つむ》ぎながら、稲葉は桐山に手を伸ばす。

「でも……稲葉は……そう……思ってるん……でしょ」

涙の合間、途切れ途切れに桐山が言った。

伸ばしかけていた稲葉の手は、行き場を失って彷徨《さまよ》い、そのまま桐山に触れることなく下ろされた。

太一は戦慄《せんりつ》した。

この現象は、ここまで人を傷つけるのかと、ここまで人の関係を壊すのかと。

その日、桐山を外に連れ出すことはできなかった。

■□■□■

翌日になっても、桐山は学校に来ない。

今回の乱闘事件で名をあげていた桐山が登校しないことは、否《いや》が応でも学年の話題になっていた。

同じ部活ということで、太一も朝登校してから何人かにその話題を振られた。

余計に不安を煽《あお》られた太一は、授業もそっちのけで桐山のことを考えようとして——躊躇《ため》った。

今『欲望解放』が起こってしまったら、どうなるか。

桐山を助けたいという欲望を解放され、走り出そうとした前科が自分にはあるのだ。

前に永瀬が授業中奇声を上げるという事件があって以来、太一達は授業中なにかを『やらかし』てはいない。

元より一日に起きる『欲望解放』の回数は一人当たり〇〜三回程度ということもあるが、稲葉の提案した予防策も大きかった。

曰く、授業中は『勉強に思い切り集中する』か『寝ろ』である。

永瀬と稲葉は勉強への集中と睡眠《すいみん》を上手《うま》く使い分け、また勉学に集中するのが苦手な青木は、前日に夜更《よふ》かしして授業中に爆睡《ばくすい》するという荒技でしのいでいた。

太一は授業に集中するのが苦ではない。なので一度【声】が聞こえ『欲望解放』状態になった時も、先生にやたらと質問しまくるというだけで済んでいた。

だから今桐山のことを考えるのはダメだ。今は授業に集中して後で——。

時間は、刻々《こくこく》と過ぎていく。

授業合間の休み時間。

次の授業は教室移動があったので、一年三組の教室に残っている人間は少なかった。

「急げよ、八重樫。間に合わねえぞ」

渡瀬伸吾《わたせしんご》に声をかけられ、太一も席を立つ。

その時室内に怒声《どせい》が響いた。

「知るかよっ！　わたしに聞くなよっ！」

怒鳴ったのは、永瀬だった。

「はぁ？　ちょっと桐山って子がどうなってるのか聞いただけじゃん」

しん、とした教室の中、怒鳴られた女子が口を尖《とが》らせる。

「んなもんこっちが聞きたいんだよっ！」

大声を浴《あ》びせかけてから、——永瀬は怒鳴られた相手の方より驚いた顔をする。

「なんでそんなにキレられなきゃならないワケぇ？」

「あ……いや……その違うの。えと……怒鳴るつもりなんかなくて……」

女子が逆ギレ気味につっかかり、永瀬がうろたえていた。

様子からして『欲望解放』があったのか。

太一は助けに行こうとして——また、躊躇った。

永瀬につっかかる女子を止めに入った時、自分に『欲望解放』が起こったら？

前、藤島《ふじしま》が冗談で永瀬になにやらすると言っただけで手を上げようとした自分は？

しかし偶然この場面で『欲望解放』が起こる可能性はかなり低く――。

いや、奴はランダムでも起こせるが、意図しても起こせるのだ。

今奴が自分達を観察しているとすればこのタイミングを逃すか？

「あんた自分が可愛《かわい》いからってなんか勘違《かんちが》いしてない？」

「いや……、そんなことないよ……」

永瀬につっかかる女子は頭に血が上ってしまっていた。

「おい、愛《いと》しのかわい子ちゃんを助けに行かなくていいのか？」

冗談ぽいセリフながら、真面目《まじめ》な顔で渡瀬が言った。

「ああ……、でも」

すぐ近くに稲葉姫子の姿が見えているのだ。

稲葉に任せておけば、なんとかしてくれるはずだ。

そう思っていた。

なのに。

稲葉は戸惑《とまど》う永瀬を横目に、なにもせず教室を出ていった。

太一は、永瀬が教室でクラスメイトを怒鳴りつけた以上の衝撃《しょうげき》を受けた。

稲葉が、永瀬のピンチを見て見ぬ振りをするなんて。

なにかの間違いだと思った。それこそおかしな『欲望解放』が起こっているのではないかと思った。

「おい」

渡瀬にもう一度声をかけられ、太一は我に返る。

そうだ、永瀬のことだ。

自分が助けなければと歩み出た太一だったが、その前に揉《も》める二人の間に入る影があった。

一年三組学級委員長、藤島麻衣子《まいこ》だ。

「ストップ、そこまで」

それぞれの胸を押し、二人に距離を取らせた。藤島は永瀬の側に立って、口を開く。

「ごめんなさいね、瀬戸内《せとうち》さん。桐山さんの問題は彼女にとってもちょっとデリケートな話題なの。そこにきて朝から何度も同じこと聞かれるものでイライラして、つい怒鳴っちゃったのよね、永瀬さん」

メガネをくいと直しながら、藤島が永瀬に目線を送る。

「え……ああ、うん……。わたしも凄く悩んでて、そのことを考えている時だったからつい……。でも……、ただ話を聞こうとしただけでキレられたら、意味わかんないよね。ごめんなさい、わたしが全部悪いです」

手を横につけ、永瀬が頭を下げた。

「あ……、んなガチで謝らなくても……。というかあたしもごめん。最後の方逆ギレして変なこと言っちゃった。……ちょっとハズいことも言っちゃったかも」

「ううん、怒らせちゃったのわたしだし。あ、ていうか次の授業始まっちゃうよ。一緒に行こうよ。……後、藤島さんもありがとう」

「どういたしまして」

太一の出番もなく、丸く収まったようだった。

「ひゅー、格好《かっこう》いいねー藤島さんは」

隣で渡瀬が発する言葉は、太一の耳に入って、すぐ反対の耳から出ていった。

■□■□■

放課後になった。

時間はあったのに、桐山のことやら、永瀬や稲葉のことやらを考えるのは、中途半端にならざるを得なかった。どうしても感情的になってしまいそうで、その時起こる『欲望解放』が不安だったのだ。

だが、放課後になればその心配もなくなる。

文研部室《ぶんけんぶしつ》に自分達だけで集まり、危なくなったら止め合えば、大丈夫なはずだ。

現状、自分は一人だと、どうすべきか考えることすらできない。もどかしいし、なによりも情けない。けれどみんなの力を借りれば、自分にだってできることがあるはずだ。

しかしそんな太一の期待は、脆くも打ち砕かれる。

「今日はアタシ、帰るから。伊織には言ってある。じゃ」

稲葉が、部室に向かおうとしていた太一に声をかけ、足早に教室を出ていく。

「え……？　おい！」

今日も桐山は登校しておらず、問題はなにも解決していない。これから話し合いをしようというのに、稲葉に帰って貰っては困る。

太一は慌てて席を立ち、稲葉を追った。

背筋をピンと伸ばして歩く稲葉のスピードは速く、太一が廊下に出た時にはもう下駄《げた》箱《ばこ》に到達しようとしていた。

走って、なんとか追いつく。

「おいっ、稲葉！　帰るってなんだよ、用事か」

「別に……」

稲葉は靴を履《は》き替え、パタンと下駄箱を閉じる。

「『別に』って……。まだ桐山が学校に来てないままじゃないか」

「だから？」

そう言って、稲葉は校舎の外に出て行く。太一も後ろに続いた。

「『だから』ってなんだよ、今日も桐山のとこ行くなりしなくちゃならないだろ」

「アタシが行っても……邪魔になるだけだ」

なにを言ってるんだと、太一はいらつく。友達が傷つき困っているのに無責任じゃないかと思う。

怒りが込み上げてきそうになって、でもはたと気づく。

昨日のことが、稲葉も堪《こた》えているのかもしれない。

桐山も誰かを傷つけて、自分も傷つくことになったのだ。

稲葉だって、昨日桐山に暴言を吐《は》き傷つけたことで、自分も傷ついたに違いない。だから――。

【それが理由になるか】

その時頭の中で声が聞こえた。

聞こえてしまった。

もう、慣れ親しんでしまった感覚が太一にやってくる。

体が熱くなって、意識ははっきりと保ったまま、自分が自分から離れていく。自分の体と自分の意思が乖離《かいり》する。

不味い、太一は思う。せめて『欲望解放』だと一言口に出そうとする。

が、それすらできない。

口が勝手に、動く。

ろうが」

「邪魔になる？　なに勝手に諦めてるんだよ。それでもなんとかしなくちゃならないだ
稲葉が初めて、足を止めた。

「誰でも彼でも……お前と同じように他人のことを第一に考えていられると、思うな。

アタシだって……自分だけで手一杯の時があるんだよ……！」

「だからと言って傷ついてる人間をほっといてもいい理由にはなんねえぞ！」

「勝手にクソ気持ち悪いテメエの理想を押しつけるんじゃねえ！」

止めようとする自身の意志がちっとも働かない。

衝動が全てを凌駕《りょうが》する。

それだけ強く、自分は思っているということなのか。

自分はそういう、人間なのか。

まだ『欲望解放』は終わらない。

「失望したぞ、稲葉。お前が仲間を見捨てる奴だなんて」

酷い。言い過ぎだ。

「稲葉がその程度の人間だなんて思わなかった」

最低過ぎて、吐き気がした。

稲葉の顔が驚愕《きょうがく》に満ちたものに変わり、くしゃりと歪む。

これほどショックを受け、泣き出しそうな稲葉の表情など見たことがなかった。

いつの間にか、体から熱は消え去っていた。自身の感覚はもう戻っている。

けれども胸が締めつけられて、太一は全く身動きが取れなかった。

自分がどれだけ稲葉を傷つけてしまったのか、想像もつかない。

「その程度の人間で……悪かったな……！」

濡《ぬ》れる声で言い捨てて、稲葉は逃げるようにその場を歩き去った。

運動場を突っ切り、正門から出ていく。

太一には追いかけることなど、できなかった。


稲葉のいない、どこか重い空気の漂《ただよ》う部室で、太一と永瀬と青木は話し合った。そして今日も桐山の家に行った。

けれど、問題はなにも解決しなかった。

■□■□■

次の日、太一は朝一番で直接稲葉に謝ろうと早めに家を出た。

前日は、酷い自己嫌悪《じこけんお》だった。

自分の中の稲葉の存在はとても大きい。誰よりも頼りになる人間だと思っている。凄い奴だと、尊敬しているところすらある。

それだけ期待が大きかったからこそ、失望したとかその程度だと思わなかったとか、言ってしまった。

あんな言い方、役に立たなければお前なんていらないと言っているようなものではないか。

あの時の自分は、桐山のことで頭がいっぱいだった。傷つく桐山を助けなければと、それしか考えられていなかった。

一人の人間を助けたいと思うがために、他の人間を軽く扱《あつか》ってしまっていた。

桐山の方が苦しそうでも、当たり前に稲葉だって苦しい。その事実すら見えなくなっていた。

自分が愚《おろ》かなために稲葉を傷つけてしまったことが、情けなかった。


教室に入ると、太一はすぐ稲葉の元に行く。稲葉はいつも登校するのが早い。

「昨日メールもしたけど……勝手なこと言って、本当に悪かった。桐山がひきこもって大変そうだからって、それぱっか考えてて……。『欲望解放』されてたから、本当にそれ以外どうでもいいみたいになってて……」

言いながら、こんないい訳がなんになるのだと思う。

稲葉は笑っていたが、どこか寂しそうに見えた。

昨日の稲葉の泣き顔が想起《そうき》されて、胸が苦しくなった。

「まあ……、しゃーねえさ」

「仕方なくなんかねえよ。稲葉だってしんどいのに自分の気持ちを優先して……」

「アタシはそんなに気にしてないよ。つーか、お前があんなこと言ったのも、唯をどうにかしたいって本当に心の底から思ってたからだろ？　だから太一が思い詰めた顔する必要はねえんだ」

　優し過ぎるくらいに優しく言ってから、稲葉は曖昧《あいまい》な笑みのまま続ける。

「……でも、部室行ったり、唯のところ行ったりは、ちょっとだけ勘弁《かんべん》してくれよ。アタシだって……時間が欲しい時もあるさ」

　自分が辛い中、稲葉はそれでもこちらを気遣ってくれている。より、ぐさりときた。

　稲葉はとても傷ついている。それを知った自分は、心の底からなんとかしてやりたいと思っている。

　だが昨日の一件からしてみれば、自分はやっぱり、ただ自分が見たくないから傷ついている人間を助けようとしている気がする。

　こんな自分が稲葉に近づけば、また稲葉を傷つけてしまうかもしれない。そう思うと恐かった。

　今なら、距離を取ろうとした稲葉の気持ちが、よくわかる。

　もし稲葉に近づかないことで稲葉の傷が少しでも和《やわ》らぐというのなら、それも避けようがないことなのかもしれない。

しかし、だとしても言っておかなくてはならないことがある。

「俺は……絶対に稲葉にいて欲しいと思っているから。稲葉は本当に大切な仲間だと思ってるから。助けが欲しかったらいつでも言ってくれ。そしてできれば、早く戻ってきてくれ」

この言葉、この思いだけは、決して偽《いつわ》りではないはずだ。

「わかったよ。だからもう離れろ、な？　アタシは今から全神経を勉強に集中させてやるんだからさ」

稲葉の口調は妙に優しく、その分だけ切なくもあった。

■□■□■

今日の放課後部室に集まったのも、昨日と同じく太一・永瀬・青木の三人だった。

桐山はまだ学校に姿を見せていない。昨日も三人で見舞いには行ったが、大した成果は得られていなかった。

「稲葉っちゃんは今日もダメなの？」

「うん……。唯に酷いこと言っちゃったのが効いちゃってるみたい……。稲葉ん、ああ見えて繊細《せんさい》なところあるから」

永瀬はゆっくりと言葉を紡ぐ。稲葉への思いやりが、伝わってくる言い方だった。

「今は……そっとしておいてあげるのがいいのかもしれない」

太一も言う。ほったらかしてもいいと言っているようで嫌だったが、稲葉のためを思えば、そうすべきなのかもしれない。少なくとも、今は。

「……なんか、寂しいね」

永瀬が誰も座っていないパイプ椅子《いす》を見て囁《ささや》いた。

いつもなら埋まっているはずの席が二つ、空いている。

太一はたとえようのない喪失感《そうしつかん》に襲われた。

このまま文研部が崩壊《ほうかい》してしまったら、という恐ろしい考えが頭をよぎった。

「とにかく、稲葉は時間が経《た》てば帰ってくるはずだから、今は桐山のことを考えよう」

太一がそう切り出して、話し合いが始まった。

しかし三人で話し合いをしていても、現状を打開する案は一向に見出せない。

「――って話なんだけど」

「太一。それ……、さっきも言ったよ」

永瀬に指摘《してき》され堂々巡《どうどうめぐ》りになっていると気づき、太一は大きく溜息《ためいき》をついた。

議論は完全に煮詰まっていた。

「どうすりゃいいんだよ……」

ソファーにもたれかかった青木が、天井《てんじょう》を見上げて言った。

「どうしてあげるのが一番なのか、わたし達じゃ判断つかないね……。稲葉んの言ってたこともあるし、唯の言い分もわかるし……」

青木の独り言に応じ、永瀬も呟く。

ひきこもるのはこの現象に対する最善手であり、最悪の一手であるという稲葉の示唆《しさ》。桐山を外に連れ出すことが果たしてよいことなのか。それさえ断言することができない。だから、強い行動を取りにくい。

加えて、感情的になり過ぎれば不味いことになる可能性もあって。

もう、なにをどう考えたらいいのかさえ見えてこない。

苛立《いらだ》ちだけが募《つの》っていく――。

……【助けろ】……

微《かす》かに、声が聞こえた気がした。

体が熱くなった――ような気がした。

「俺は……、やっぱりひきこもることが桐山にとっていいことだとは思わない」

太一の口が勝手に動く。

「でもっ……外にでりゃもっと唯が傷つくんだぞっ」

「周りの人に実害与えちゃうかもしれないしね。……ま、わたし達も同じだけど」

青木が、永瀬が、口々に言う。

そのセリフは、正直もう聞き飽きた。

「でも今ひきこもっている桐山は、死ぬほど悲しそうじゃないか」

口が勝手に動く。

その事実が一番重要なのだとなぜわからない。

桐山は、目に見えるほどやつれているというのに。

もう見ていられない。

「お前は今の唯をどうにかすることしか考えてねえのかよ。もっと先のことまで考えろっつうんだよ」

かなりイラついた様子で青木が言った。

「今目の前の桐山を助けてやることが先決だろ」

太一はそれが正しいことだと思う。

「お得意の目の前にいる奴は誰でも救ってやらなきゃ精神かよ……。また、自己犠牲で解決するつもりか？」

「なんだよその言い方。青木だって桐山を助けてやろうと思ってるんだろうが」

待て。

――口は勝手に動いているか？

でも口の動きは、止まらない。

「思ってはいるけどどうしたらいいかわかんねえんだよ！」

「だったら、まず桐山のところに行こうぜ」

「行ってどうする？」

「なんとかする」

「昨日もその前もなんとかならなかったじゃねえか！」

「だからってここで話し合ってるだけじゃなにも変わらないだろ！」

行動しなければ、歩み出さなければ、なにも変えられないのだ。

「ねえ……、二人ともやめようよ……」

「なら、いいよ。もう今日は俺一人で行ってくるよ」

太一は鞄《かばん》を持ってパイプ椅子から立ち上がる。

話しているだけ時間の無駄《むだ》だ。

「はぁ？　勝手なこと言うなっつうの」

「今日は、俺のやり方でやる。俺なら桐山を救ってやれる」

「太一お前何様のつもりだよ！　自分ならなんでもできるとか勘違いしてんのか！」

「事実前はそうだったろ。青木はなにも、できていなかったじゃないか」

そのタイミングで、青木は目を見開いて一瞬固まった。そして顔つきが変わる。

なんとなく、もうわかるようになってきていた。

青木には今、『欲望解放』が起こっている。

「ねえ、やめ――」

「そう何度も上手くいくかっ！　また一人でおいしいとこ取りする気かよ！」

青木が立ち上がって太一に詰め寄ってきた。

「なにがおいしいとこ取りだ！　俺は桐山を助けるんだよ！」

近寄ってきた青木の胸を太一はどんと押す。

「助けるつったってどうせお前は悲しんでいる唯を見たくないだけの自己中野郎なんだろ！」

「うるせえ！　それでもなにもできない木偶《でく》の坊《ぼう》よりマシだ！」

「なんだと――」

「やめろっつってんだろうがそこの二人っっっ！」

永瀬が、つんざくような叫び声を上げた。太一と青木の間に割り込んで、両の手で二人を押した。

目をこれでもかと見開いている。

もしかして、永瀬にも、『欲望解放』が起こったのか。

太一はバランスを崩して二歩三歩と後退した。

「太一は独りよがりで驕《おご》ってるっ！　青木は嫉妬《しっと》し過ぎっ！」

永瀬が二人の前に立ち塞《ふさ》がって叫ぶ。括《くく》られた後ろ髪が揺れる。

「二人とも本当に唯のこと考えてる⁉　太一も、そして青木も、ただ傷ついてる唯を自分達が見たくないだけじゃないのかっ！」

【邪魔するな】

頭の中で声が聞こえた。
今度こそ、はっきりと。
そして今までの体の熱さなど、ぬるま湯だと思えるくらいに全身が熱くなる。
自身の感覚が遠ざかる。
今まさしく『欲望解放』が起こっている。
い、い、いや、じゃあさっきまでのは？
『欲望解放』が起こったと勝手に思っていた？
【声】が聞こえたのも自ら引き起こした幻聴《げんちょう》？
自分は『欲望』に身を委《ゆだ》ねたかったのか？
自分のことが、もう信じられなくなる。
そうやって自暴自棄《じぼうじき》になったからだろうか。
今までで一番自分の意識と体とがかけ離れたように感じられた。
意識が浮遊《ふゆう》する。
『欲望解放』が起こった瞬間自分の中にあった最も強い感情。なによりも桐山を助けたいと思っていたこと。その思いが太一の中で全てになる。そしてそれを邪魔されたという事実だけが太一の中で唯一のこととなる。

やめろと、叫びたかった。

けれど、できなかった。

「どけっ！」

太一は叫んで、永瀬の体を押した。

押してしまった。

それほど強くはなかった。

ただ進路上にいる永瀬をどかそうというものだった。

けれど自分は男で、相手は女。

しかも不意打ちであったから。

永瀬はバランスを崩して、ロッカーに頭からぶつかった。

「〜〜っ！」

頭を押さえて、永瀬がしゃがみ込んだ。

太一の体から一気に熱が消え失せた。

感覚が戻ってくる。

「だっ、大丈夫か永瀬⁉」

太一は永瀬に駆け寄る。

その時だった。

青木に、決定的な言葉を浴《あ》びせかけられる。

「ほら見ろっ！　お前はそんな自己中だから、そうやって人を傷つけるんだよ！」

心臓が鷲摑《わしづか》みにされたようだった。

その、通りだ。

自分は、独りよがりに、今傷ついている人間を見たくないがためだけに、自分の好きな人をも傷つけてしまう、人間だった。

自分には、誰も救う価値など、ない。

呆然《ぼうぜん》とする太一の前で、青木も凍《こお》りついたように固まっていた。

「……いやっ、待ってくれ！　さっきのは言い過ぎた……。すま……ん」

青木の言葉は、弱々しくかすれて消えた。

それから、なにがどうなったのかは、夢の中のようではっきりと覚えていない。

たぶん、そのまま解散になって、家路《いえじ》についたのだと思う。

ただ、永瀬の額は少し赤くなっただけだったこと。何度も何度も永瀬に謝ったこと。

そして永瀬が「『欲望解放』で無理矢理割り込んで邪魔だったわたしを押しのけようとした訳なんだから謝ることないよ」と言ってくれたことだけは記憶にあった。

太一は、自分の部屋で一人、布団にくるまる。

人を――自分の好きな人を傷つけてしまったことに怯える。

そして気づく。
ああ、桐山はこんな気持ちを抱いているのだと。

■□■□■

自分は失敗してしまった。
だから近づかないでおこうと思った。
自分のせいで、壊したくなんかなかった。
けれど、求められている自分というものがあった。
それは自分という人間に対して、少し、大き過ぎるものだった。
でもその虚像《きょぞう》を作り上げたのは自分だ。
そうやって必要な人間だと思って貰いたかった。
そうやって自分の居場所を作りたかった。
だから、幻想が崩れ去って失望されるのは、自業自得なのだ。
もう自分は、あそこには戻れないかもしれない。
そう思うと胸が痛い。心が渇《かわ》く。
荒《すさ》んだ心で、嫌なことを余計に考えてしまう。
また、近づくのが恐くなる。

近過ぎると傷つけてしまう。でも遠ざかり過ぎれば心が軋《きし》む。

どこに立てばいい。どこにいればいい。自分の居場所はどこなのだ。

そうやって、そうやって、そうやって、そうやって、そうやって、そうやって、考えることは自分のことばかりだ。

辛いのは皆同じで、心配しなきゃならない相手もいるのに、自分の都合ばかりで、心底嫌になる。

そして、他の皆は、自分のことをそんな人間ではないと勘違いしている。

偽《いつわ》りの仮面はいつか剝《は》がれる。

それを、他でもないあいつに破られたことが、なによりも堪《こた》えた。

なによりも、なによりも、なによりも。

もう、理想の自分でいる自信はない。

自分は愚《おろ》かで矮小《わいしょう》な人間だ。

■□■□■

次の日、文化研究部部室には、誰も姿を見せなかった。

五章

ひきこもりには力を合わせて

部室で青木義文《あおきよしふみ》や永瀬伊織《ながせいおり》と揉《も》めた翌日も、八重樫太一《やえがしたいち》はきちんと登校した。

本当のことを言えば、驕《おご》っていて自己中心的な自分は、家にこもるべきなのかもしれない。

けれど、家に閉じこもれば余計に塞《ふさ》ぎ込んでしまう予感がした。

家には妹だって両親だっている。なにをやらかしてもいい訳ではないのだ。

それに、自分がそんなことになれば、絶対に永瀬は気に病《や》む。もう二度と、心であろうとなんであろうと、永瀬のことを傷つけたくない。

そう思うと同時、『永瀬のことを傷つけたくない』が故に、なにをやるかわからない自分が外に出ることは、自分勝手な行動ではないのかとも感じられてしまう。

なにが正しいかわからない。答えのない森を彷徨《さまよ》い続けた。

とにかく、なんとか学校には来た。

だが、近づけばなにかをやってしまいそうな不安は、ずっと頭の片隅でドロドロと渦《うず》を巻き続けていた。

あまり誰《だれ》にも近づかないようにして、勉強のことばかりを考えて、一日中を堪《た》え忍ぶ。

永瀬が近づいてきた時は、わざと避けるようにした。近づかないようにすることは、メールで連絡してあった。

青木にも、『昨日バカなことを言って悪かった』というメールを送っていた。

けれど、いつまで経《た》っても返事は来なかった。

体育の授業で一緒になった時も、露骨《ろこつ》に無視されてしまった。

とてもじゃないが、部室に行く勇気はなかった。

次の日も、太一は同じようにする。

学校に来ているのに、これだけ永瀬や稲葉姫子《いなばひめこ》と話さなかったのは久しぶりな気がする。いつもなら、一日の休み時間中の内、少なくとも一度は話しているのに。

渡瀬《わたせ》や他の友達にも、「なんかノリ悪くないか?」と訝《いぶか》しまれることが増えてきた。

これ以上距離を取ると逆に踏み込まれてしまうかもしれない。

そして、桐山唯《きりやまゆい》の問題もある。いや、本当はこれこそが最大の問題だ。

桐山は昨日も今日も、登校していない。もう駅の騒動から、一週間以上経過していた。

風の噂《うわさ》(というかただの盗み聞き)によると、永瀬は昨日一人で桐山を見舞いに行ったらしい。だが成果はなかったようだ。今日も行くつもりだと、永瀬は言っていた。

同じく桐山のクラスの友達も、色々と動いているらしい。けれど本当の事情を知らないこともあり、こちらも上手《うま》くいってはいない様子だった。

桐山のことも考えなければならない。でも桐山のことを考えていると『欲望解放』が起こった時に不味《まず》いことになりそうだ。だから文研部員《ぶんけんぶいん》の皆で集まって桐山のことを考えた方がいい。でも皆で集まって感情的になりがちなことを考えていれば、そこにいる皆のことを傷つけてしまうかもしれない——。

特に驕っていて結局己のことしか考えられていない自分は、誰かを傷つけてしまう可能性が高い。

最低だけど、その最低な人間が自分だ。

完全なる八方塞《はっぽうふさ》がり。

結局どうすることもできず、いたずらに時間だけが流れていく。

太一は今日も、部室に行くことはできなかった。


週が明ける。

太一は土日、家を出ず部屋にこもった。酷《ひど》く体調が悪そうだと妹にも心配された。

『欲望解放』に怯《おび》えながら一人で過ごす時間は、あまりにも長く感じられた。

どうすればいいか考えたい。でも考えればなにをやってしまうかわからなくて。

嫌でも、気が滅入《めい》った。

一度『欲望解放』が起こった時、目の前にあった目覚し時計を叩き壊してしまった。自分の内に秘めたる破壊衝動《はかいしょうどう》に戦慄《せんりつ》した。

本当に、どうにかなってしまうんじゃないかと思った。

自分はなにかを傷つけて壊す存在ではないかと怯えた。

一人でいれば泥沼《どろぬま》に入り込んでどうしようもなかった。余計な思考を放棄《ほうき》して、月曜も太一は学校に向かった。

自分の心を暗くさせるものは、なるべく考えないようにする。頭の中を空っぽにして、今目の前で起きているイベントに身を委《ゆだ》ねる。

正直、そんなに上手く自分の心をコントロールできていたとは思わない。ことあるごとに様々な不安が頭をもたげた。

だが少なくとも周りに被害を及ぼすような『欲望解放』は起きていなかった。

たまたま運がよかったのか。

それとも自分は、そういう人間であるのか。

今日もまた、太一は他の文研部員達とは話さない。

■□■□■

月曜日の六時間目、ホームルーム中の一年三組。

教卓の前に立った学級委員長、藤島麻衣子《ふじしままいこ》を中心として、今週末に迫った校外学習のための話し合いが行われていた。

太一は思考を、今目の前で展開されているイベントに沈《しず》める。沈めようと、心がける。

「しかしいい加減飽きてくるよな。初めから全部決めといてくれっつうのに」

太一の隣の席で、渡瀬伸吾《しんご》が言った。一学期に名簿《めいぼ》順で席が近かったのに次《つ》いで、最近の席替えで二人はまた近い席になっていた。

「決めるのも含めての行事なんだろ」

山星高校《やまぼしこうこう》一年秋期に開催《かいさい》される校外学習は、各クラスが自主的に行き先ややることを設定する形式になっていた。随分《ずいぶん》前からホームルームのたびに話し合いが行われ、今日がやっと最後の回になるのである。

「だりぃ、結局ただの遠足じゃねえか。生徒に決めるのを丸投げとは教師側の怠慢《たいまん》だな」

「言うほどお前はなにもしてないだろ」

「まあ、うちには女王藤島さんがいるからな。いやあ、今日も美しい」

渡瀬は最近やたらと「藤島、藤島」とうるさい。ドMなのだろうか。

「……しかしなぜに女王という形容がつくことになったか」

太一は前方の藤島に目をやった。今日も纏《まと》め上げた後ろ髪と、持ち上げられた前髪はぴっちり決まっている。

「さて、では今回の校外学習メインイベント、カレーライス作りをする班分けをしたいと思います」

担任の後藤龍善《ごとうりゅうぜん》が「後は頼んだ。俺の全権を藤島に委任《いにん》する」という言葉を残し消えた後のクラスで、藤島がばっさばっさと場を仕切っていく。

「班の数は八。一班五人体制にしたいと思います。本当は十班にしたかったんだけど、一組もその施設《しせつ》を使うということで、数の関係上そうなりました」

「分け過ぎじゃやねー」「もっと一班の人数多い方がよくなーい？」

クラスの方々《ほうぼう》から意見（文句）が飛ぶ。

「なにを言ってるのかしら、あなた達は」

やれやれ、といった風に藤島が首を振った。

「青春の一ページ、確かに仲間とわいわいという思い出で飾るのも大切なことよ。でも、それだけで満足かしら？　もっと重要なこともあるでしょ？」

水を打ったように教室が静かになり、皆が藤島の演説に聴《き》き入る。

「そう、それはもちろん……『恋』よ！」

犯人を指す名探偵の如《ごと》く、藤島がびしっと指を差す。

「メンバーが少なければ少ないだけ、皆が協力して働くことが不可欠になる。少ないメンバーだからこそ女子だけ男子だけで喋《しゃべ》るということにもならない。自然と進む共同作業、思い合う心、触れ合う肌！　なにかが息吹く、なにかが芽生《めば》えるチャンスを……あ

なた達はみすみすドブに捨てると言うの！　さあもう一度問うわ……、八班に分けるの？　それともそれ以下にするの！」

「「「八班でお願いします！　藤島姉さん！」」」（クラスの大半の男子）

渡瀬なんかは大声で合唱していた。

しかしいつの間に藤島はこんなキャラになってしまったのだろうか。もっと真面目《まじめ》な委員長だったはずなのに……。……あれ？　真面目だった頃の藤島の姿が思い出せない。

「わかりました。ということで、うちのクラスは男女綺麗《きれい》に二十人ずつだから、とりあえず男女別に三人組を四つ、二人組を四つ作って頂戴《ちょうだい》。もし希望があればできた男組、女組同士で班を完成させてしまってもいいわ。決まり切らなかったらまた調整します」

始め、という藤島の号令と共に、皆が席を移動したりしながらがやがやと話し出す。

自分は誰と班を組むべきだろうか。太一は考える。

男子はさておくとして、女子の方は。やはり、不測の事態に備《そな》えるために永瀬や稲葉と一緒になるべきだろうか。だけど今は、その不測の事態を避けるために距離を置いている状態でもあって。

ダメだ。変に考え過ぎるとまた――。

――ロッカーにぶつかった永瀬の姿が、思い起こされる。

あの時は本当に大したことがなくて、傷なんかも残らなかった。でももし、あの先にあるのが窓ガラスかなにかであったら……。

「一緒に組もーぜ、八重樫」

「……ああ、構わんぞ」

渡瀬に言われ、とりあえず太一は頷《うなず》く。

「そして女子は……是非、藤島さんと組みたい！」

「……えーと」

「おい、お前はまた永瀬や稲葉と組むつもりなんだろうが、それは許さん。いつも部活でいい思いしてるんだから、こんな時くらい俺に協力しろ。今度オススメのデートスポット教えてやるから」

がしっと、肩を摑《つか》んで渡瀬が言ってくる。目が真剣だ。

「いい思いなんて……してねぇよ」

どうしたらいいか考えるのを放棄《ほうき》した太一に、どうすべきかの答えなど見つかるはずもなく、ただ別の話題にしがみつく。

「というか渡瀬。お前が基本的にモテて、恋愛経験豊富なのは知っているが、だとしても……藤島は手に余るぞ」

「だからいいんだっつの。後お前はなんで藤島さんに関しても訳知り顔で語るんだよ」

「い、色々あったんだよ、色々」

渡瀬の追及《ついきゅう》をかわしつつ、太一は教室を見回す。少しばかり離れた席に永瀬と稲葉がいて、目が留《と》まった。

「……やっぱり一緒の方がいいよね、稲葉ん」

「離れろよ、アタシからは。言っただろ？」

苛立《いらだ》たしそうに稲葉が言っている。

「い……、いくらなんでもそんな言い方は、なくない？」

永瀬も穏《おだ》やかでない口調で返す。

なにか、雰囲気があまり宜《よろ》しくない。

「お前のためなんだよ」

「わ、わたしだって稲葉んのことを考えて——」

「アタシの考えの方が正しい」

「そんなのわからないじゃないっ！」

永瀬が大声を上げた。

近くの席の人間が驚いて永瀬の方を振り向く。

険悪《けんあく》な雰囲気に、周りがざわつき始める。

永瀬にはなにかしらの『欲望解放』が起こっているのか、どうなのか。止めに入るべきだろうか。しかし自分が割って入っても——。

「キレるなつってんだろバカがっ！　……ちっ、離れろよ、さっさと」

その言い様はあまりにも冷たかった。そして、稲葉は『欲望解放』が起こっている訳ではなさそうだということが、より寒々《さむざむ》しいものを太一に感じさせた。

永瀬は泣きそうな顔になって、歯を食いしばった。

「顔……洗ってくる」

誰に向かってでもなく呟《つぶや》いて、永瀬は教室を出ていった。

しん、と教室が沈黙《ちんもく》に包まれる。

「永瀬は……」

これは流石《さすが》に後を追うべきかと、太一は椅子《いす》を引く。

と、その時沈黙の続く教室に、通りのよい一声が舞い落ちる。

「稲葉さんと永瀬さんと私で一班にします」

学級委員長、藤島麻衣子だった。

「なんでだよ!?」

稲葉が噛《か》みつく。

「稲葉さんと永瀬さんには、ちゃんと仲良くして貰《もら》わないと、クラス全体の雰囲気まで悪くなるから困るのよ」

「お前にとやかく言われる筋合いはねえだろ！」

稲葉が激しい感情の高ぶりを見せている。

『自制』という言葉は、もう稲葉の頭から消し飛んでいるのだろう。

「学級委員長はクラスの愛と平和を守る必要があるのよ」

「だからってお前に決定権なんかないだろうがっ」

「あるわ。なぜなら私は、学級委員長だから」

藤島が正義の味方に見えてきた。まさかクラスの愛まで守っているとは思わなかった。

「それでいいでしょう、八重樫君？」

「はっ、はい!?」

急に振られたので、驚いて変な声を上げてしまった。

「えっと……、あなたは渡瀬君と組んでるの？　なら私と永瀬さん、稲葉さん、八重樫君、渡瀬君の五人で一班に決定します。いいわね、八重樫君？」

「な、なぜ俺に訊《き》くん――」

「だまらっしゃい」

質問された気がするのだが。ちょっと最近藤島がなんでもありになり過ぎている。

ちっ、と大きく稲葉が舌打ちする中、渡瀬が太一の肩に手をかけた。

「八重樫、今度ジュース奢《おご》ってやる、二本だ」

■□■□■

ホームルームが終わって、放課後になる。

どうするのかと思って太一が見ていたら、稲葉は永瀬の元に向かった。なにを言っているのかは聞こえないが、少し二人で言葉を交わしていた。かと思うと稲葉はすぐに永瀬に背を向けて立ち去る。

「稲葉ん」と永瀬が呼びかけていたが、稲葉は無視して行ってしまった。

傍《はた》から見てもはっきりわかるくらい、がっくりと永瀬が肩を落とす。

肩を落とし過ぎたせいで、ずるりと、鞄《かばん》が永瀬の肩から床に落下した。

床に転がった鞄を、永瀬はのろのろと拾い上げる。

と、その際永瀬の目と太一の目が、合う。

とっさに、太一は目を逸《そ》らしてしまった。

その後すぐにしまった、と思う。

なぜだ。なぜ目を逸らした。完全に目が合った後だ。露骨《ろこつ》に無視した格好《かっこう》になった。相手を傷つけないため近寄らない方がいいと言っても、無視する必要はないのに。永瀬のことを傷つけてしまったのではないか。これじゃ本末転倒《ほんまつてんとう》だ。

自分の机を見つめてぐるぐると考えてから、太一はそっと目線を上げた。

視線の先に、項垂《うなだ》れて教室を出ていく永瀬の後ろ姿が映った。

声をかけて慰《なぐさ》めてあげたい衝動に駆られ、その衝動は悲しむ永瀬の姿を見たくないという自分の欲求から生まれたものではないかと思い、自己嫌悪《じこけんお》に陥《おちい》った。

太一は一人教室に残っていた。

教室の壁掛け時計は四時を指している。

帰る奴は帰ったし、部活に行く奴は部活に行ってしまった。

自分も早く帰った方がいい。家にいた方がまだ安心だ。それはわかっていたけれど、太一は立ち上がることができなかった。

一人でぼーっとしていると教室の扉が開いた。

入ってきたのは、一年三組担任兼文化研究部顧問《ぶんかけんきゅうぶこもん》、後藤龍善だった。

一瞬、もしかして〈ふうせんかずら〉ではないのかと思った。

「おお、八重樫。お前一人でなにしてるんだ？」

違った。普通に、いつもの後藤だった。

「いや……。特には」

後藤が歩いて中に入ってくる。

「おい、それより聞いてくれよ。この教卓ガタガタ揺れるって他の先生に文句《もんく》つけられたから、交換してくれって言いに行ったら、自分で交換しろってよ。あり得る？　それって教師の仕事じゃなくないか？　ま、一日待ったらやってくれるらしいんだが、明日その文句つけた先生の授業があるんだよ。ぐちぐちうるさいからなー、あの先生」

一人でぺらぺらと喋りながら教卓を持ち上げ、そこで止まった。

「つーか、お前暇そうだな。手伝えよ」

そんな訳で、太一は後藤と向かい合わせになって教卓を運ぶ。

太一は進行方向に顔を向け、後藤の顔をあまり見ないようにした。後藤はなにも悪くないのだが、顔を見ると〈ふうせんかずら〉を思い出してしまって嫌だった。

「いやー、八重樫がいて助かったよ。一人だと階段が危ないんだよなー」

はあ、と太一は気の抜けた返事をする。

いつもは『後藤は後藤』、『〈ふうせんかずら〉は〈ふうせんかずら〉』と割り切れている。だが今は、なんだか冷静に後藤のことを見られない。八つ当たりしてしまいそうで恐かった。

廊下の角を曲がる。別の校舎に入っていく。

「なあ」

少し、後藤の声のトーンが変わった。

「お前、落ち込んでるだろ」

不意に図星を突かれ、太一は教卓を落としそうになった。慌《あわ》てて持ち替える。

「いや、そんなことは……」

「しょぼくれた顔で否定されても説得力ないぞ。あれだな、フられたんだろ？　永瀬か、稲葉か。もしや……桐山か？」

「それは違います」

きっぱりと断言した。なんでも恋愛方面と結びつけるのは本当にやめて貰いたい。

「そういう時は友達に相談しろよ」

「え？」

もの凄く真面目に、そして教師らしく言われたので、太一は聞き返してしまった。

「だから友達に相談しろって。……あ、俺にアドバイス求めようとするなよ！　高校生の恋愛事情なんてしったこっちゃないからな」

そのセリフに太一が返事しないでいると、後藤は「友達に話せば、だいたいなんでも解決するもんなんだよ」と呟いた。

しみじみと口にした後藤は、いつもの、なんでも適当で学生気分全開の教師らしくない教師……ではなかった。

ちゃんと、頼れる一人の大人だった。

思わず太一のガードも緩《ゆる》んで、ぽろりと言葉を零《こぼ》してしまう。

「でも……相談したら友達が傷つくんですよ」

桐山のために話し合おうとして、自分達はどれだけ傷つけ合ったか――。

「はぁ？　傷つけ合ったり迷惑かけ合ったりするのが友達じゃないのか？」

びっくりして太一は後藤の顔を見た。後藤は「なにを当たり前な」という表情をしている。

傷つけ合ったり迷惑かけ合ったりするのが、友達。

「つか相談したら傷つくってどういう状況だ……？　あ、三角関係的なヤツか」

一人で納得して、後藤はうんうんと頷いた。

「でもそういう時も、逃げないでちゃんと言っといた方がいいぞ。きちんと真正面から話し合えば、友達ってのはなんとかなるもんさ。そりゃたまには失敗するかもしれないけど、言わないで変になったら一生後悔《こうかい》するぞ。なら、行動して失敗した方がマシだろ？」

楽観視するのでもなく、リスクに怯えるのでもなく、なんとかなると信じ、行動するということ。

後藤の話に太一は聞き入る。

「失敗するかもしれないけどさ、ぶつかり合わないとなかなか本当の友達にはなれないもんだしな。なんつーか、安全策ばっかだと本当に大事なものをなくすぞって話」

その言葉は、太一の心にゆっくりと染み込んでいった。

安全策ばかりじゃ本当に大事なものをなくす、か。

「いやー、それにしても俺教師っぽいこと言ってるなー。お前もちょっと感動しただろ、な？」

「……そんなこと言わなかったら素直に感動できたんですけど」

「なんだよ、そこは素直に『感動しました先生！』って言っとけよ。というか……ん？おい藤島、なにしてるんだ？」

たまたま廊下を歩いていた藤島を後藤が呼び止めた。

「今度の校外学習のための用事が少し……。先生は雑務ですか。ご苦労様です」

社交辞令《しゃこうじれい》的に言う藤島。

「まあな。ところで藤島、八重樫の相談に乗ってやってくれないか」

「え」「は？」

太一も、そして藤島も声を上げる。

「八重樫にさ、友達に相談することの重要性を説《と》いてやったところなんだよ。だから藤島、話聞いてやってくれないか。今こいつ悩みがあるらしいんだよ」

「先生。いくら私が学級委員長で先生が担任だからって、私をいい様に使い過ぎじゃないですか？　後、八重樫君は私の友達じゃありません。好敵手《ライバル》です」

……どうやら自分は藤島にそんな認識をされているようだ。

「なにっ⁉　藤島がライバルだと……！　おいおい、いったいどういう複雑な関係になっているんだ……？　最近の高校生進み過ぎだろ色々……。つーか、ちょうどよかったじゃん藤島が当事者なら。じゃ、今からお前らで話し合えよ」

「ちょ、ちょっとごっさん！」

太一があだ名で呼びかけるも、後藤は聞いちゃいなかった。

なにかもの凄く勘違いした後藤は、太一と分け合って持っていた教卓をぐいっと一人で抱えて、すたこらとその場を去っていった。

人通りの少ない廊下の真ん中、太一と藤島が二人で取り残された。

「……なんなのよ。まあいいわ。で、八重樫君。なにか悩みでもあるの？」

メガネを直して、藤島は聞いてきた。

「いや別に……」

藤島に相談するようなことはたぶんない。それに自分は一度藤島を突き飛ばそうとしていたかもしれないという手前、あまり、近くにいるべきでは——そう思いかけて、太一は止まる。

——違う。

なにか自分は間違っている。

そんな気がした。

「ないの？　じゃあ別にいいんだけど。……あ、もしかして稲葉さんとか永瀬さんとかに関する話かしら？」

「うっ……」

ピンポイントだったので、表情に出してしまった。

「ふーん。ならクラスの愛と平和を尊《とうと》ぶ私としては見過ごせないわね。なに？　言いなさい」

藤島からは有無を言わさぬ迫力が漂《ただよ》っていた。

メガネの奥の目力が凄い。

たぶんなにかしら言わないと逃《のが》れられないだろう。

それに。

ここで一歩踏み出せばなにかが見える気もした。

今の気分は、そんなに悪くない。最近心にずっとあったとげとげとした感じも弱まっている。なら『欲望解放』が起きても、酷いことにはならないはずだ。

藤島にも、後藤に聞いたのと同じことを尋ねてみようと思った。

「なあ、相手と話し合えば相手が傷ついてしまうって時……藤島ならどうする？」

太一の言葉を聞いて、藤島は「はあ」と溜息《ためいき》をついた。そんなこともわからないのかと暗に言っているように見えた。

「じゃあ話し合わなければいいんじゃない？」

「あ、今の言い方だとそうなるか……。でも話し合わないとできないことがあるんだよ」

「じゃあ話し合えばいいじゃない？」

「いやだからそれだと相手が傷つくかもしれなくて……」

「じゃあね、八重樫君。どっちが大切なの？　その話し合う誰かを傷つけないこと？　それとも話し合ってなにかを達成すること？　一番の目的はなんなの？　本当に自分が一番大切にしていることはなんなの？　それを考えたら？」

立て続けに問われる。

——一番の目的。

——自分が一番大切にしていること。

「覚悟《かくご》と信念《しんねん》をもって、一番大切なものを決めさえすれば、後は案外なんとでもなるものよ。逆にそれを決めないと、どうにもならないことも多いんじゃないかしら」

藤島はそう言って、ほんの少し笑った。

鉄仮面《てつかめん》を貫いてきた藤島の微笑は、なんだか、見てもいいのだろうかという変な気持ちを呼び起こした。

でも、とても魅力的《みりょくてき》な笑顔だと太一は思った。

「ついでに言っとくと、私は人って傷つけ合うものだと思ってるけど。まあ八重樫君がどう考えるかは、ご自由にって感じだけど」

人は傷つけ合うもの。

当然のように、藤島は言い放った。

その時、「あ、ごめんなさい」と藤島は携帯電話《けいたいでんわ》を取り出した。電話がかかってきたらしい。

「もしもし。ああ……、どうしたの？　うん……うん……つまりは恋愛相談ね。任せなさい」

みんなの頼れる学級委員長は、本当に忙《いそが》しそうだ。

「……うん、じゃあまた」

携帯電話を閉じ、改めて藤島は太一と目を合わす。

「ごめんなさい。ちょっと私はやることができたんだけど。まだなにか聞きたいことある？」

「……いや、大丈夫だ。早く行ってあげてくれ」

「そう。じゃあもう行くわ。なにか力を借りたいことがあったらいつでもどうぞ。……クラス内に影響のあることだったら、助けてあげてもいいわ」

言い残して、藤島が颯爽《さっそう》と歩き出す。

その後ろ姿が、あんまりにも格好よかったので、太一はふと冗談半分に尋ねてみた。

「藤島って……、何者なんだよ」

「私？」

藤島がくるりと振り返る。まとめた後ろ髪がなびく。

くいとメガネを持ち上げた。

「そうね、私は差し詰め……愛の伝道師《でんどうし》ってところかしら」

冗談っぽいことを、藤島は相変わらずの真顔で言った。

藤島の姿が遠ざかり、やがて階段のところで曲がって見えなくなった。

太一は、廊下に一人取り残される。

でも一人であるのに、『一人である』ということをあまり感じなかった。

ちょうどその時、校内放送が流れる。

『後藤先生、後藤先生。至急職員室に――』

後藤が呼び出しを喰《く》らっている。……会議があるのを忘れていたとかでなければいいのだが。

一つ息を吐いてから、太一は歩き出す。

〈ふうせんかずら〉の引き起こした現象に巻き込まれるようになってから、太一達はどうしても五人で物事を捉《とら》え考えることが多かった。

陥った状況を考慮《こうりょ》すれば当然のことだ。

でも、当たり前にこの世界は五人だけで完結しているはずがない。周りの人の影響を受けている。周りの人の力を借りている。周りの人に迷惑をかけている。

いつだって、色んな人と繋《つな》がっている。

太一はやっと、忘れかけていた当たり前の事実を思い出した。

■□■□■

太一は一人で文化研究部《ぶんかけんきゅうぶ》部室に入った。

数日ぶりだというのに、酷く懐《なつ》かしく思えた。

三人がけ仕様の黒いソファーに腰かける。

二つくっつけて並べられた長机の周りのパイプ椅子には、誰も座っていない。

この場所で最後に五人が集まってから、もう二週間ほどが経っている。

太一は一度大きく深呼吸をした。

これからどうすべきか考えてみよう。

いつもは、一人で考えていたらなにをしてしまうかわからないと躊躇《ためら》うところだ。でも今そんなことはどうでもいいと感じられた。

恐くないと言えば嘘《うそ》になる。

特に自分は『誰かを助けたい』と思っている時は、他人を傷つけそうになることすら、二の次になることがある。

危険はある。

でも今は、もう少しでなにかが見えそうな気がするのだ。

後藤と、藤島が照らしてくれた光の先に、なにかがある。

見失ってはならない。見失えば自分は大切ななにかに気づけなくなる。

だから太一は考える。

自分は今、文研部の皆から距離を置こうとしている。

なぜか。

皆を傷つけたくないからだ。

傷つけてはいけないからと、逃げの一手を打ってきた。

でもそれは、本当に正しい選択だったか。

確かに、逃げていればその間に『欲望解放』が終わってくれるかもしれない。

だが終わる保証はない。

そして自分達はもう逃げ切れなくなってはいないだろうか。このままどんどん追い込まれれば、最後は全員ひきこもるしかなくなるのではないだろうか。

今の状態のストレスが続けば、自分達はまず間違いなく耐え切れずに爆発してしまう。

それだけは避けなければならない。

そして、——自分にとって本当に大切なことはなにか。

自分は今、皆を傷つけないことに必死だった。

もちろんそれは大切なことだ。

周りの人間も含め、可能な限り誰も傷つけないというのは当たり前のことである。

でも、それが自分にとっての目的だったろうか。

それさえ達成できればよかったのだろうか。

そんなもののために自分は生きているのだろうか。

違う。目的であるはずがない。

じゃあなぜ、傷つけないことに必死だったのか。

それはみんなが仲間だからだ。

それはみんなを大切だと思っているからだ。

もちろん、ただ傷つく人を見たくないという気持ちが、自分の中にあるのは事実だ。

でも自分は、——人を傷つけないために生きているのではない。

自分はなぜ今こんなに苦しんでいるのか。

どうすればそれが解決できるのか。

自分が本当に求めていることはなんなのか。

——それは、ただ当たり前に、皆でいることではないのだろうか。

桐山がショックでひきこもった。それを皆で解決しようとした。けれどぶつかってしまってバラバラになった。

じゃあなにをすべきなのか。

どうなりたいのか。

なにが最善なのか。

バラバラになった皆がもう一度集まって、桐山のひきこもりも解決する。

それが、目指すべきところではないだろうか。

それが最善であるのは明白だ。なのになぜ自分は、そのための努力をしていない？

間違っていた。忘れていた。本当に大切なものを見失っていた。

守りに入ればジリ貧《ひん》だ。ならどうすればいいのか。

攻めればいい。

攻撃は時に最大の防御にもなる。

自分は誰かが傷つくのが嫌だ。傷ついているのが嫌だ。死ぬほど嫌だ。だからそれを解消するためには、なにを犠牲《ぎせい》にしてもいいと思ってしまう。

自分はそんな独りよがりな人間だ。

そんな独りよがりな人間が、こんなことを望んでいいのか。
わからない。
けれどわからないのなら、相手に尋ねればいい。
現状の中途半端さに甘えてダメになるならば、はっきり白黒をつければいい。
自分には求めたいものがある。
その欲求を、みんなが認めてくれるのか。
永瀬の顔が、稲葉の顔が、桐山の顔が、そして青木の顔が思い浮かんだ。
みんなで、いたい。
この部室にもう一度みんなで集まりたい。
わがまま、なのかもしれない。
けれど、今自分が本当にやりたいことはなんなのだ。
自分はそれを願っているのだ。
そして他のみんなはどう思っている――？

■□■□■

太一は、今この段階でも、唯一《ゆいいつ》自発的に皆から距離を取ろうとしていない人間――永瀬伊織に連絡を取ることにした。

部室で永瀬を待つ。

まだ学校にいるらしく、すぐ部室に来ると言っていたのだが……。

と、けたたましい音を立てて扉が開いた。

「た、太一っ！」

叫んだ永瀬は、はぁはぁと肩で息をしていた。

「お、おう……。そんなに急がなくてもよかったのに」

「だっ……だって……太一が今から話をしたいって……言うから」

膝《ひざ》に手を突いて永瀬は身を屈《かが》める。大分しんどそうだ。少し落ち着くのを待とう。

永瀬は荒い息を繰り返す。

改めて永瀬を目の前にすると、どうしようもなく怖さが込み上げてきた。

傷つける意思はなかったとか、そもそも『欲望解放』が起こらなければとか、いくら言い訳をしたって、自分が永瀬を傷つけてしまった事実は消えやしない。それに、自分は藤島も傷つけていたかもしれない。全部、逃れられない事実だ。

人を物理的に傷つけるなど、最低の行為だ。

それをやってしまった自分は、最低の人間だ。

行動に出したのは『欲望解放』でも、そうしたいと思ったのは自分。

自分は、一つの思いに取りつかれると、それしか見えなくなり、己の行動の結果さえ想像できない。

自分はそんな人間だ。

自分はそんな人間だけれども。

「……で、太一。どうしたの？」

呼吸を整え終えた永瀬が声をかけてきた。

太一は永瀬の顔を真正面から見た。

目と目が合った。

澄《す》んだ宝石のような瞳《ひとみ》が、太一を捉えている。

永瀬は少しも逃げようとしない。これから起きることをしっかり見極めようとしている。

自分はなにがしたいのか。

それは、許しを得られることなのか。

「あのさ、永瀬。俺って結構……自分勝手でわがままな人間なんだ。一度こうだと思ったら、それ以外のことに目がいかなくなって、突っ走ろうとしてしまうんだ」

永瀬は、黙《だま》って太一を見つめている。

「それに俺は……自分が正しいと思ったらそれが絶対なんだって、押し通そうとしてしまう人間で……」

だから稲葉を傷つけて。

青木とも揉めて。

永瀬も傷つけた。

「だから結局……俺は自己中なんだよ」

ちゃんと、認めなくてはならないことだ。

「そんなダメな奴だからさ……みんなを傷つけないために、みんなから距離を置こうとしてたんだ。……知ってると思うけど」

自分は失敗して、一度完全に心が折れた。

「でも……離れてみて思ったんだ。やっぱり、俺はみんなと一緒にいたいって」

自分勝手な望み、なのだろうか。

「で、さっきも言ったけど俺は自己中な奴だし……人を傷つけちゃうこともあると思うんだ。もちろん、そうならないよう最大限努力はしようと思うけど。それでも……」

人は傷つけ合わないで生きていけるか。

「そんな自分はすっげー嫌で。傷つくなんてみんなも嫌だろうけど……俺はやっぱりみんなといたいと思うんだ」

自分にとって大切な五人の絆《きずな》。

「傷つかなくてみんなと離れるより、傷つくことがあってもみんなといたいと思った。だから……永瀬が嫌じゃなきゃ……ちょっとくらい傷つく可能性があっても、まだ俺と一緒にいたいと永瀬が思ってくれるなら……永瀬の横にいてもいいか？」

望んでみよう。尋ねてみよう。

そして、永瀬はどう思っているか。

太一が話している間、永瀬はじっと太一の目を見続けていた。

と、永瀬が鼻を啜《すす》った。

口が歪《ゆが》む。眉《まゆ》がひそめられる。目には涙が浮かんでくる。

「え……あ……おい……」

泣かれるとは思っていなかったので、太一は慌てる。

次の瞬間永瀬はその場に崩れ落ちた。

「卑怯《ひきょう》だよ太一はっ！」

「いや……あの……それは、すまん。えと……言い方が」

「そういう問題じゃないよ！」

床に座り、俯《うつむ》いたまま永瀬は続ける。

「わたしはずっとみんなでいようって頑張ってたんだよ……！　離れろとか言われても
さぁ！　みんなが集まらなくても一人で唯のところに行ってさぁ！」

永瀬に言われて改めて思い至る。

誰も傷つけないようにと、自分は皆のことを考えているつもりだった。

なのに自分は永瀬がこんなに苦しんでいることにも気づかない。

皆のことを思っているつもりが、結局なにも考えられていなかった。

「でも……みんなが傷ついちゃうって言うなら……離れるのも仕方ないのかなって……

そんな風に思ってたのに……」

キッと永瀬が顔を上げる。目は赤かったが、涙を零してはいなかった。

「『傷つくのも傷つけ合うのも仕方ない』って、そんなの……アリかよ……」

アリなのかは、わからない。

それは永瀬が、そして他のみんながどう思ってくれるかだ。

また永瀬は俯いた。

そして、再び顔を上げる。

「まあ……アリだと思うけど」

そう言った永瀬の顔には、満開の笑みが咲《さ》いていた。

釣《つ》られて、太一の顔も緩んだ。久しぶりに笑えた気がした。

太一が右手を差し出すと、永瀬はそれを掴んで立ち上がった。

至近距離で二人は見つめ合う。手を伸ばせば抱きしめ合えるほどの近さだ。

が、すぐにお互い目を逸らし一歩ずつ下がった。……うん、今の距離はいくらなんでも恥ずかしい。

「……た、太一はさ、これから他の人にも同じ様なこと言いに行って、また……この部室に五人を集めようするつもり？」

ちょっと頬《ほほ》を赤くした永瀬が訊いた。

「ああ……、そのつもりだ」

自分はそうしたいと思っている。そしてみんなも、本当は同じように思っているはずだ。太一はそうだと考えている。でも、本当かどうか太一にはわからない。

それが正しいかどうか判断するためにはなにをすればいいのか。

答えはあまりにも単純。

ただ、話してみればいいのだ。

「そっか。……でもなんか釈然《しゃくぜん》としないなぁ……。わたしも色んなところに気を遣いながら頑張ろうとしてたのに、一気に全部持って行っちゃうんだもん」

永瀬が口を尖《とが》らせた。

「う……それは……」

「なんて、ちょっとイジワル言ってみただけ。別に気にしてないよ。だって、誰が解決しても変わらないんだし」

二人の関係はもう凍りついているかと思っていたのに、触れ合ってみればあっという間に溶け出した。

少し離れることがあっても、二人の間の繋がりはちゃんと残っていた。

「つかさ、太一はさっき『自分は自己中』みたいなこと言ってたじゃん？」

「あ、ああ」

「確かに自己中だと思うよ」

「ぐはっ!?」

他人に言われるとやっぱり効いた。

「でもね、自己中だけど……やろうとしていること自体は、だいたい正しいんだよ。やり方に問題がある時も多いけど」

なんていうかさー、と言いながら永瀬は首を傾《かたむ》けた。

「太一は真っ直ぐ過ぎるんだよね。頑固《がんこ》親父みたい」

「じ、爺臭《じじくさ》いという意味じゃないよな？」

妹に言われてから、実はちょっと気にしている。

「あはは。それもちょっとあるかもね」

心を解《と》きほぐして永瀬と話す時間は、とても満たされたものだった。なにか、この状態の方が大したことを思わなくなって、『欲望解放』の影響が小さく抑えられる気もする。

「でもまさか……、太一の口から『傷つくのも仕方ない』って言葉が出るとは思わなかった……」

「嫌だよ、それは。スゲー嫌。でもなんだろう。今の方がみんな苦しそうに見えるからってのもちょっとあるかも……」

自分でもよくわからないのだ。でも今、皆でいたいという気持ちがなによりも強いのは確かだった。それだけ自分の中で、この仲間との絆が大事なものになっているのかもしれない。

「あ……それで、改めてゴメン。永瀬を突き飛ばして頭ぶつけさせて……」

太一が言うと、永瀬は少し困った顔をした。

「だから、何回謝るんだよ。『どけよ』って感じで押したらたまたま運悪くなっちゃっただけでしょ？　なにより『欲望解放』なんだし」

でも何度謝っても、謝り足りなかった。

「だけど俺は――」

「太一」

太一の声を遮《さえぎ》って、永瀬が言う。

「時には『傷つけ合う』のもやむを得ないんじゃないの？」

「……これは種類が違うだろう」

「ん、確かにそうかも……でもいいじゃん！　わたしがいいって言ってるんだから。次から気をつければいいんだよ、うん」

永瀬はふわりと優しく微笑《ほほえ》んだ。

「まあ……これから絶対そうしないってことが重要だよな……」

「そうだよ」

「でもできるか……いや、やるんだよな。やらなきゃいけないんだよな」

傷つけ合うことを認めたからと言って、無条件に相手を傷つけていいのかと言えばそうではない。

『欲望解放』が起こる現状、『心がけ』だけで、どこまで有効となるかはわからない。けれど心の底から思っていれば、変わることもあるかもしれない。

自分は今どんな人間であるか。

そして、これからどんな人間になっていこうとするか。

「……うっし！　それより太一、わたしを部室に呼び戻して、それで終わりじゃないでしょ」

永瀬がにやりと笑みを作った。

この永瀬の笑顔を見ていると、なんでもできるような気がしてくる。

「ああ、当然だ。みんなでもう一度集まる。俺は集まりたい。そっちの方が、みんなにもいいと俺は思ってる。……もちろん、最終的には本人の意思だけど」

「おっしゃ、ならどうしよ？　電話で……や、直接会った方がいいか。じゃあわたしは……まず稲葉んのところに行きたいな。今日教室で揉めちゃってるし……」

「そうか……。なら俺は青木と連絡を取ってみるよ。そっちは、とりあえず二人で話した方がよさそうな気もするし。俺は青木とこの前……凄い言い合いしちゃってるから二人で話し合いたいし」

「うん、そうだね。……そして、その後本丸の唯だね」

「ああ」

桐山は一番の重傷者だ。自分達は傷つけ合ってもやむを得ないとか、そういう議論では済まない。

でも、皆で力を合わせればなんとかできるはずだ。できるかどうかはわからないけど、できると信じてもう一度やってみようと太一は思う。

「じゃあ、いこうぜ。次この部室に来る時は、五人全員がいることを願って」

五人全員が揃《そろ》って、初めて自分達は文化研究部なのだ。

「おう！」

太一と永瀬は、お互いの拳《こぶし》をこつんと合わせた。

■□■□■

太一は青木に電話をかけた。『直接会って話がしたいんだ！　どうしても！』と強く伝えると、太一の勢いに驚きながらもわかったと言ってくれた。

一刻も早く、と思ったので、太一は青木の家の方まで出向くことにした。

そして、最寄り駅近くの河川敷《かせんじき》で落ち合う。

青木はまだ制服姿だった。太一を見つけると、青木は気まずげに苦笑しながら手を挙げた。

「おう……なんか久しぶり」

小走りに近づいて行って、太一から声をかけた。

ほんの四日ぶりだったけれど、心が離れた状態の四日は、いやに長く感じられていた。

「ああ……だよな」

青木は目を逸らす。

基本的にいつだって明るいテンションの青木と、こんな雰囲気になるのはあまり覚えがない。

いつもとは違ってしまっている空間。さっきまでは勢いで突っ走ってきたが、再びその事実が頭の中を支配する。

なにをやってしまうか。なにを言ってしまうか。自分はなにを思っているのかという、恐怖。

もう一度失敗したら。ぶつかってしまったら。

『欲望解放』は全てをさらけ出す。

でももし全てをさらけ出した上でも友達でいられるならば。

こんな現象、恐るるに足らない。

自分は、青木に『何様のつもり』だとか『自己中』だとか言われた。そんな風に思われたことは悲しかった。

だけど青木に言われたことは紛《まぎ》れもない事実であった。

そして、嫌に思われているのなら離れた方がいいかもしれないとも考えた。

だけど自分は、やっぱりまだ青木の友達でいたい。

自分はそう思っている。

後は青木が、どう思っているか――。

「あのさ青木……。この前俺は……本当に酷いことを言った。俺は傲慢で独りよがりだった。自分ならなんでもできると、自分が正しいと、思い込んでいた。でもそれは……どう考えても間違いだ。間違いは取り消せないけど、謝らせてくれ。悪かった」

太一は頭を下げた。

青木からの言葉はすぐに返ってこず、しばらく沈黙の時間が続いた。

今どうなっているのかと、太一は恐る恐る顔を上げる。

と、青木は髪を両手でぐしゃぐしゃとやり出した。それから川の方を向く。

「あ～～～～～！　チクショー！　やっぱり先越された～！　うがー！」

思いっ切り叫んでいた。

「お、おい……なにデカイ声で言ってるんだよ。周りの人の目が……」

太一が慌てていると、青木はへらりと笑った。

「なあ太一。ちょっと座ろうぜ。河川敷で夕日を見ながら男二人で話すって青春全開だろ？　青春しようぜ」

青木の横に並んで、太一も座る。

流れる川に太陽の光が反射してきらきら光っている。風がそよいで太一の頰を撫《な》でる。

少し時間は遅くなってきてはいるが、まだ心地よいと感じられる気温だった。

「いや〜、実はさー、オレも謝ろうと思ってたんだよねー。電話がきた時、先越されちゃったってわかったけど」

そう言って青木は笑った。

「前メールで謝ってくれたのに無視とかして……。なんか……伊織ちゃんに言われたことのダメージがでかくて……ちょっと死んでた。や、伊織ちゃんが酷いとかじゃないよ。……図星だったから、効いたんだよ……」

「図星……か」

「みんなを助けた太一に……自分がなにもできないからって『嫉妬』してるとか……流石のオレも認めたくなくて逃げてたよ……。特に自分が……唯のことを考えているつもりだったのに、結局は自分のことばかりだったってのは……マジでショックだった」

「助けたなんて……たまたまだって。それに桐山を助けたいとか言いながら、結局自分の都合だけだったのは俺も同じだよ」

はあ、と二人で溜息をついた。

「あのさ太一オレも……本当にすまなかったよ。しょーもない嫉妬で、太一のことを傷つけるようなこと言って……もし許してくれるなら——」

「大丈夫だ、青木。青木の言ってることは、事実だったから。俺は、それを認めなくちゃならないと思うから」

自分はそういう人間であると。

「でさ、俺も本当に傲慢な奴で、一緒にいればぶつかることも多いと思うけど……。それでも俺と一緒にいてくれないか？　俺は……また青木とあの部室とかで、色々やれたらなと、思ってるから」

青木はしばらく太一の顔を見て、パチパチと瞬《また》きをした。

「へっ……、今更それ言う必要あるかぁ？　というか……なんか恋人同士みたいでハズっ！　オレはそんな趣味《しゅみ》ねえぞ」

「俺もねえよ」

今度は二人で一緒に、ちょっと笑った。

「はぁ……。でもオレホントに情けなかったなぁ……。八つ当たりみたいに太一にキレて、結局謝るのも太一からって……」

「いやだから、青木はなにも間違ったこと言ってなかったって」

「でもそれもよく考えてみたらさー、太一は、『どんなことをしてでも唯のことを助けたい』って思ってたってことだろ？　それって、オレはもの凄いことだと思うぞ。『欲望解放』状態じゃなくちゃんと冷静なら、他の人を傷つけるような策は取らないと思うし」

「まあプラスに捉えるとそう考えることもできるけど……。つーか、青木も似たようなもんだろ。色々青木がやったのも、全部桐山のために、って」

「一応はなー……。結局は自分のためかもしれないけど……。でも……、完全無欠に誰かのためだけに行動するのなんて、無理なのかもしれないよな。そんなもん、悟《さと》りを開いた善人くらいにしかできねえよな」

遠くを見つめて、青木は呟いた。

時々青木は、もの凄く深いことを口にする。

普段は軽い男に見えるけれど、たぶん青木は、大切なことをちゃんとわかっているのだと思う。

自分達はどうやっても未熟《みじゅく》な人間でしかない。

誰かのためだけになんて生きられない。

だけど、それを受け入れて。

「確かに、結局は、自分達のためなのかもしれないよな……。でもやっぱり俺達は——」

太一が話す途中で、青木がセリフを被《かぶ》せた。

「唯のことを助けたい、だろ？」

青木はばしんと自分の太ももを叩いた。

「よーし、なら唯のことを助ける方法、もう一度考えてやろうぜ！　あ……、でも前みたいに相談中に『欲望解放』になったら……。……でも……なんか今なら大丈夫な気がするな」

「ああ……それで」

言いかけて、太一は「なんでもない」と首を振った。本当は稲葉の元へ行った永瀬と連絡を取り、上手くいっているのなら合流して……などと思っていたが、ひとまずおいておこう。不味いことになっているのなら、永瀬から連絡があるはずだ。

今の自分と青木が力を合わせれば、なにかできる気がする。それで桐山をどうにかしてやることができたら万々歳だ。もしダメだったらその時はその時。改めて他の人の力を借りればいい。

「じゃあまず、唯をどうしてやるのが一番なのか。いや、『どうしてやる』とか傲慢だな。オレ達が唯にどうして欲しいのか」

改めて、青木が話を切り出した。

「やっぱり俺は外に出るべきだと思うけど。……この現象がいつ終わるかわかんないんだし」

最悪、本人が嫌だというのなら、自分達と距離を取って貰っても構わない。部室に来なくたって構わない。

けれど、学校にも来ず一人家にひきこもるというのは、絶対によくない。

「でも誰かを傷つけることに……ならなければいいんだけどなぁ」

うーん、としばらく二人で頭を悩ませる。

「なあ、のっけからだけど、これ……俺たちだけじゃ難しくないか。やっぱり、桐山自身も頑張らなきゃならないと思う」

根本的な解決策が見つかればそれでいい。でも、現状では難しいだろう。ならば桐山も、リスクを背負う覚悟を持つ必要がある。

「ごーもっともだーよ」

「自分の気持ちに注意しておけば、ある程度『欲望解放』の影響を抑えられるのはわかってるんだし。……たまに失敗するけど」

「その『たま』の失敗が問題なんだよ」

青木に指摘《してき》される。その通りだった。

「周りに俺達がいれば桐山を止められるんじゃ……」

「オレ達に唯を押さえ込むことなんてできる？」

元天才空手少女、桐山唯。……どう考えても無理だった。

めげずに太一は続ける。

「『すっげえ頑張って注意しておけば大丈夫！』じゃどうにもならないか……」

「……え？　なにその昭和みたいな根性論《こんじょうろん》。太一ちゃんと頭使ってる？」

「あ、青木に言われてしまうとは……」

普通にショック。

「つーか、よくそんなので唯のトラウマ克服《こくふく》とかやってあげたよな。……あ、でもあれも急所蹴りという奇跡《きせき》の案か。……マジで、どういう思考回路で思いついてんの？」

「まあの時は……、人格入れ替わりなんて特殊なことがあって起こったことがあるなら、じゃあ逆に人格入れ替わりだからこそできることもあるんじゃないかって」

「なんというプラス思考というか逆転の発想ー！」

青木は大きく仰《の》け反《ぞ》ってみせた。

「……しかし逆にこの時だからこそできることね――あ」

青木が、ばたりと後ろに倒れ込んだ。

両手を挙げて、綺麗に万歳している。

「……どうした？」

太一が尋ねる。

「ひ……閃《ひらめ》いたかもしんね……」

「ほ、本当か？」

「おう！　ただ上手くいくかどうかは……。と、とりあえずどう言えばいいか考えなきゃ！　くっ、本当は稲葉っちゃんがいればいいんだけど、屁理屈《へりくつ》上手そうだしっ」

青木の言葉を聞き、太一は言おうか言うまいかいくらか逡巡《しゅんじゅん》して、やっぱり言うことにする。

「……俺も上手いぞ？」

自信ありげなのもどうかと思ったが、太一は言ってみた。

ノリ的に。

■□■□■

善は急げ、ということで太一と青木は早速行動することにした。

夕方、少し遅めの時間に二人は桐山家に到着する。

家の前で、桐山の母親と遭遇《そうぐう》した。ちょっとした会話を交わす。買い忘れたものがあったので、もう一度スーパーに行くところらしい。

桐山の母親は一週間前と比べて確実に痩《や》せていた。ほんのわずかな期間しか会ったことのない太一にもわかるほどだった。どれだけ心を痛めているのだろうか。そして桐山の他の家族も、どれだけ心配しているのだろうか。

そんな周りの人のためにも、桐山のことを助けてあげられればと太一は思う。

家に上がることを快諾《かいだく》して貰い、玄関から二階の桐山の部屋に向かう。家には誰もいないが構わないらしい。

心の中で、太一はほっと溜息をついた。今から自分達がすることを考えれば、家の中に誰もいないに越したことはない。

ドアの前まで来たところで、太一と青木は顔を見合わせる。

自分が言うのもどうかと思うが、二人が考えた案は凄い作戦だと思う。色んな意味で。

戦いに臨《のぞ》む兵士のごとく決意に満ちた表情の青木が一つ頷き、太一も頷き返した。

青木がドアをノックする。

『……誰？』

か細い桐山の声が、室内から聞こえてきた。

「オレと太一だけど」

『……入って』

二回目に来た時もそうだったが、部屋には抵抗なく入れてくれるようになっていた。

桐山の部屋に来るのは、三回目になる。

幾分見慣れた桐山の部屋に入る。

色が明るくて、可愛らしい小物がいっぱいあって、本当に女の子らしい部屋なのに、空気はどこか淀《よど》んでいた。

桐山は疲れ切った表情だった。消えそうな灯火《ともしび》のような儚《はかな》さが見受けられる。ジャージから覗《のぞ》く肌は青白く、病的だった。そこにいつもの健康そうではつらつとした桐山の面影《おもかげ》はない。

「久しぶり……だな」

太一が声をかける。

「……うん」

耳をそばだてなければ聞こえないような声だったが、ちゃんと応じてくれた。

「唯、外に出よう。学校に行こう。大丈夫だから」

開口一番、立ったまま青木は言った。

様子見はなし。

小細工《こざいく》もなし。

自分達は、そんなに器用ではない。

「なによ……なんでまたそんなこと言いに来たの……。言ってるでしょ……。あたしはいつ誰を殴《なぐ》っちゃうかわからない。外になんて、出られない……」

稲葉の言うことも、正しいと思うけど、あたしは——。

悲痛な表情で、桐山は呟く。

「だからと言ってひきこもってても。下手《へた》すりゃ一生解決しないかもしれないんだぞ」

今度は太一が言った。

「でも……でも……」

もう何度言ったかわからない『でも』を、桐山は俯いて繰り返す。

ここまでは、前までと一緒。

ここからが、本当の勝負。

全てを青木に託《たく》して、太一は一歩下がり、二人を横から捉える形になる。今日の自分は、主役でもなんでもないただのサポート役だ。

これを言うのは青木義文でなければ意味がない。

「そんなもん気にし過ぎだ。今の唯なら、絶対大丈夫。そんなことにはならない。もしそんなことになりそうになっても、我慢できるさ！」

太一の無言の声援《せいえん》が伝わったかのように、青木は力強く断言した。

「ふっ……ふざけないでよ……。我慢したいと思ってても『欲望解放』されちゃったら、どうしようもないって……、あんたもわかってるじゃない」

「いいや、そんなことはないんだって。その『欲望』がどれだけ強くたって、絶対に、なにがあっても、どうなっても、本当に、本気で、全力で『したくない』って思ってたら、それを『したく』なんて、ならないもんなんだ！」

言葉だけではない。顔を、体全体を使って青木は桐山に伝える。

「『欲望解放』は……そんなもの関係なくなるって……。『欲望』があれば止めようとする意思も関係なくなるって……。そういうものなんでしょ？」

「そういうものなんだけど、そういうものじゃないんだ！」

「……は？」

眉をひそめて、桐山が首を傾《かし》げる。

「そういうものじゃないから、大丈夫なんだ！」

もう一度青木が言う。

「……なに？」

桐山がますます眉間《みけん》にシワを寄せる。

不味い、桐山は純粋に意味がわかっていないように見える。

　というか青木は気合いが入り過ぎて空回り気味だ。大丈夫だろうか。口を挟《はさ》むべきだろうか。なんだか傍《はた》から見ている方が緊張する。

「大丈夫だってこと、絶対『したくない』ことは我慢できるってこと、それをもしオレが証明できたら、唯はちゃーんと外に出れて、学校にも行けて、部室にも来れるようになるよなっ」

「はっ……えっ……そりゃあたしも我慢できるなら……その時は――」

　その時は――の先を、桐山はまだ口にしない。

「おっしゃ、じょーとーだ！　ならいくぜ！」

　にかっ、と青木は白い歯を見せ、言った。

　この時の青木は、本当にびっくりするくらい、格好よかった。

「自慢じゃないが、俺は唯のことが好きだ。本当に好きだ。大好きだ。超好きだ」

　不意打ち過ぎたためか、桐山は頬を朱に染めるでもなくぽかんとしていた。

「そして自慢じゃないがオレはそれなりに…………エロい。いや、ぶっちゃけかなりエロい。だいぶ、エロい。ものすっごい、エロい」

　で、一気に台無しになる。

　作戦のためとはいえ、さっきまで格好よかったのに……。

「そして今の欲望が解放されるという状況……これはもうぶっちゃけ……いつ唯を襲ってもおかしくないというのが、道理じゃないかっ！」

最低のセリフを、最高の笑顔で青木は口にした。

呆気に取られていた桐山の顔が、見る見る紅潮《こうちょう》していく。

「あ、あ、あ、あ、あんたなに言ってんのよっっっ！　最低っっっっっっ！」

叫ぶと同時に手元にあった枕《まくら》を青木に投げつけた。

「ぶふっ!?」青木の土手っ腹に命中。

まあ当然の報《むく》いだった。

「ちっ、違うんだって唯。続きがあんの、続きが」

青木が一旦仕切り直し、体勢を立て直す。

「えーと……なんだ、そう！　オレはいつ唯を襲ってもおかしくない……。でもオレは強い意志の力で、絶対にそんなことしないという鋼《はがね》の意志で、己の『欲望』に打ち勝ってみせる！」

それはこの状況だからこそ価値のある宣言。

「オレが唯を襲わず欲望に打ち勝った時、それはまさしく、『欲望』があってもそんなことしないという強い意思を持てば、『欲望解放』を乗り越えられると証明した時なんだ！」

それは青木だからこそ意味のある言葉。

「ば、バカじゃないの!?　意味わかんないんだけど!?　……いや、でも、意味は、わかるか……」

「だろ。だから唯、……一緒にラブホテルに泊まろう！　そこでオレが襲いかからなかったら、オレの言ってることが本当だと信じてくれ！」

このプラン、凄まじい。横から見ている分冷静な太一は思う。

理由は上手く説明できないが、恥ずかしくて顔が熱くなる。

「イヤよっ！　なんでそんなとこ行ってバカみたいに襲われる危険を冒《おか》さなくちゃならないの⁉」

興奮してきたためか、桐山の声もどんどん大きくなってきていた。

「絶対にそうはならない、オレはそんなことしない！」

「だからなんでっ、『欲望解放』されても絶対にそうならないと言えるのよ⁉」

吠《ほ》える桐山に、青木はただ真っ直ぐに返す。

「それはオレが、唯が傷つくことだけはしたくないと思っているからだ！　……本当に好きだから」

桐山の動きが止まった。

完全に固まる。

表情も消える。

どんな動作を、どんな表情をすればいいのか、忘れてしまったようだ。

「オレは、唯を傷つけたくない欲求の方が強い自信がある！」

結局的に自分は自分のためにしか行動できない。そのことを認めた人間が、他人の気

持ちの方を優先すると言っている。自分にはできると言っている。勢いではなく、理性的に考えてそうだと言っている。

その人のことを思う気持ちが、自分の中で絶対的なものだと、本当に心の底から信じていないと口にすることのできない言葉だ。

そこまで言える人間は、いったいこの世に何人いるのだ。

悔《くや》しいけれど、『欲望解放』のせいだとはいえ永瀬に手を上げてしまった今の太一に、青木と同じことを言う資格はない。

いつかは、言えるようになりたいと思うけれど。

「後、絶対にないとは思うけど、もし……もしオレが『欲望解放』に負けたとしても、唯が襲われることとなんてない。だって、オレが襲いかかったその時は……オレが唯にフルボッコにされてる時だろうからなっ！」

「よっ……よりイヤよ……そんなの。だ、誰かを……あんたを傷つけるなんて……」

歪むような涙声で、桐山が言葉を押し出す。

切なくて優しい、声色《こわいろ》だ。

「それはオレが失敗した時の話。自分の欲望に心を奪われた男が罰《ばつ》を受ける。……それってスッゲー普通のことじゃんか。オレは負けんがな、ふっふっふ！」

わざとらしいくらいに明るい声で、青木が笑ってみせる。

釣られるようにして、桐山が涙を流しながら、笑う。

泣いていて顔は崩れているけれど、とても美しい笑みだった。

部屋の中が、少しだけ湿っぽくて、温かい空気に包まれていく。

「なんなら唯、是非《ぜひ》エロティックな格好をしてくれ。その方が尚のこと成し遂げた時の説得力が増す！　単純な下着姿でも、バニーガール姿でも、裸エプロンでも――」

力強く熱弁を振るう青木。

……少し、調子に乗り過ぎではないだろうか。太一が思った瞬間、

「変な妄想《もうそう》すなあああああ！」

ラックの上にあった箱ティッシュが宙に舞った。

「あたっ!?　かっ、角、角がっ！」

「バカバカ、バっっカ！」

あまりにお決まりパターンの光景に、太一は思わず吹き出してしまった。

「た、太一っ、笑い事じゃねえって！」

青木はひとしきり悶《もだ》えた後、太一に向き直った。

「よ、よし。じゃあ、太一。……締めの屁理屈頼んだぞっ」

「話す前から屁理屈って言うな！　せめて理論づけという表現を使え！」

「あはっ、あははは。あんた達ホント、バカ。ははは」

アホなやり取りに、桐山が声を出して笑った。

もの凄く久しぶりに桐山の笑い声を聞いた気がした。

「ははっ……。あ～、笑った。……で、聞かせてよ、屁理屈」

「桐山まで屁理屈言うなっ」

なんだ。どんな顔をして喋れと言うんだ。

「……まあ、思ったんだけどさ、『欲望解放』って基本的にその時一番強く思ってることに対して起こるんだろ？」

気を取り直して、太一は話し始める。

「うん……みたいだね」

「で、だな。……桐山もあの時は駅で暴れてしまった訳だけど、それまでに誰かを明確に傷つけた経験ってあったか？」

「そりゃ昔空手の試合や練習の中であったけど……。傷つけるというニュアンスとはちょっと違う……かな？　だからあれが、初めて……だった」

「よし、だと思った。だから桐山は今まで、誰かをあんな風に傷つけることが、どういうことなのか知らなかったんだ。だよな？」

「う、うん」

「けど今は、それがどれだけ大変で、相手はもちろん自分も含めて、たくさんの痛みを伴《ともな》うものだと知っている。そして桐山は、今こんなになるまで『もう誰も傷つけたくない』と思っている」

一度自分の感情をさらけ出したおかげで、今まで知らなかった痛みを知ったこと。

「それだけの『もう誰も傷つけたくない』という欲望は、どんな『こいつをぶちのめしたい』と思う欲望にも、勝てるんじゃないかな」

「た、確かに今あたしは強く思っているから……。それを『欲望』と言うのなら……」

筋は通っているように見える。でも正しいかどうかはわからない。第一、自分達は己の身に起こる『欲望解放』のことを正しく理解していないのだから、正しいかどうかなんてわかるはずもない。

でも今必要なのは、ただ桐山を納得させることだ。

勇気をもって一歩踏み出すための、手助けをしてやることだ。

だから屁理屈でもこじつけでもなんでもいい。

大切なのは、自分達という名の世界くらい、屁理屈でいくらでも変わるということ。

「実は俺もさ……『欲望解放』で一度永瀬を傷つけてしまったんだ」

「え……」

桐山が絶句した。

「や、流石に殴ったとかじゃないけど……。でも、傷つけたことに変わりはないんだ。自分でやったくせにって言われるかもしれないけど……、あれはやっぱり、きつかったな。俺も、他の人を遠ざけようと思ったし。……ちょっとだけ、桐山の気持ちがわかった気がしたよ」

図《はか》らずも顔が歪んでしまう。

と、桐山がほんの少しだけ柔らかい表情をした。目で、大丈夫だよと伝えてくれているようだった。

「そんな俺だけどさ……やっぱりみんなと一緒にいたいと思ってるんだ。本当に、バカみたいにわがままだけど。桐山も……そういう気持ちがあると思うんだ。だからちょっと、自分を信じてみたらどうかな？」

最後は、桐山がそうあって欲しいという自分の願望だった。

「そーいうーことだ、グッジョブ太一！　だ・け・ど、さっきのは推論《すいろん》でしかなくて証明された訳じゃない……だから唯……ラブホ行こうぜ！」

本当に、今桐山家に桐山本人しかいなくてよかったと思う。

「死ねっ！　……でももしたとえ行ったとしても、都合よくそういう欲望の解放が起こるとも限らないでしょ！」

「なら、何泊だってしてやる！　唯がもういい、わかったと言うまでな！」

「ああー、わかったわかった！　もう行ってやるわよっ！」

「なっ!?」「うそん!?」

太一と青木が、二人で驚く。と、

「――学校に」

俯き加減で、目を逸らして、小さな声で、バツが悪そうに、頬をピンクに染めて、桐山は囁いた。

「そ……、それはもうひきこもりをやめるということで？」

青木がおそるおそる尋ねる。

「だ、だってあんたとそんなとこ行くより、百倍くらいマシなんだもん」

「百倍!? せめて十倍になりませんか!?」

「そんな問題じゃなくないか……？」

太一はぼそっと呟いておく。

「……でも……まだ不安で……というか、あたしにもどうなるかわかんない……。だから、もし危なかったら……どうにかしてあたしのことを止めて下さい」

桐山が、二人に頭をしっかり下げる。ベッド上に正座しながらだったので、もうほぼ土下座《どげざ》だった。

おう、とすぐに太一は返事しかけたのだが、それを青木が遮った。

「『止めて下さい』……。そのお願いはちょっと違うかなぁ？」

腕を組み、青木はちちち、と顔の前で指を振る。

「なっ……なによ……ダメ……なの？」

桐山の目がうるうると潤んでいく。

「なにやってんだよ、お前！」

太一も青木に怒鳴らざるを得なかった。

「ち、ちげえよ！ ゆ、唯、こう言うんだ！ ほらっ！」

なにやら青木は桐山に口パクで伝える。

訝しみながら桐山は青木の口の動きを凝視し、呟いた。

「守って……下さい？」

「喜んで」

ベッドに栗色の長髪を落とし、小首を傾げるお姫様に、長身痩軀《ちょうしんそうく》の騎士が、膝をついて首《こうべ》を垂れた。


一人でいれば誰も傷つけないで済むことは事実である。

誰かといるから、誰かを傷つける。

でも誰かといなければ、得られないものがたくさんある。

一人じゃできないことがある。

誰かと誰かの力が合わされば、誰かを助け出すこともできる。

当然、毎回上手くいくはずもないが。

自分達は、反撃することも対抗することもなにもできない。

それでも小さな力を合わせに合わせ、〈ふうせんかずら〉には屈しない。

■□■□■

最低だ。

最悪だ。

とにかくストレスが溜《た》まっていた。休まる時のない日々に、精神が磨《す》り減っていた。衰弱《すいじゃく》していた。

そしてなによりも、あの場所にいられないことで、これほど心に穴が空くなんて思いもしなかった。

埋めがたい喪失感《そうしつかん》に苛《さいな》まれた。むしゃくしゃしていた。

だからつい、強く突き放し過ぎた。

本当は傷つけたくなくて遠ざけたかっただけなのに。逆に傷つけてしまっては元も子もない。

いやでも——やっぱり自分に近づくよりはマシか。

本質的に最悪な人間と一緒にいるよりは、マシか。

今日学校で、最近買ったばかりのシャープペンシルの芯《しん》入《い》れが見当たらないことに気がついた。

ペンケースに入れ忘れたのだろうかと、家に帰って部屋を確認した。学校で酷いことがあった日だったが、それは覚えていた。

ところがいつまで経っても捜し物は見つからなかった。どうやらなくしてしまったようだった。

仕方なく、近くの文具店まで買いに行った。

店に入り目的物を見つけた時、ふと、思ってしまった。

最近買ったばかりの、一度買えば随分と保《も》つ二百円ばかりの消耗品《しょうもうひん》を、また買うなんてバカらしい、と。


その時『欲望解放』が起こった。


体の感覚が戻った時には、レジを通していない商品を持ち、店から数十メートルの距離を歩いていた。

正気に戻った——『欲望解放』が終わった——後、愕然《がくぜん》としながらも店に戻り、商品を棚に置いた。それからなにも買わずに店を出た。

ふらふらとしたおぼつかない足取りで、なんとか家まで辿《たど》り着いた。

信じたくなかった。

買うのがバカらしいと思うことは確かにあった。でも盗《と》ろうなんて本気で思ったことはなかった。なかったはずだった。

だってそれは犯罪だから。

だってそれは、もしそんな法律がなくとも倫理的に許されないことだから。

でも、どうやら思い違いだったらしい。

自分の本質は、どうしようもなく自己の利益しか考えない醜悪《しゅうあく》なものだった。

これは『欲望解放』で心をおかしくされたからだ。そんな言い訳は、なんの意味もなさない。

だって、他の奴らはそんなことをやっていないのだ。

だからこれは、自分個人の問題だ。

自分はそんな人間だった。

そんな人間は、もう奴らに近づいてはいけない。


——などと思っていたら、伊織の奴が電話をかけてきた。

今の精神状態じゃとても受ける気がしなくて、無視した。

そしたら今度は直接家まで乗り込んできた。

しょうがないので、部屋に通した。

まずはお互いの失態を謝り合った。

それから伊織は、部室に戻ってきて欲しいのだと言った。

ぶつかり合って傷つけ合うこともあるかもしれないけど、それでも一緒にいたいのだと言われた。

そう言ってくれたことはとても嬉《うれ》しかった。

傷つけあってもいい。確かに、一理あるかもしれない。

けどそれにも、当たり前だが限度がある。

他の人間はどうか知らないが、『欲望解放』中の自分は、危険過ぎる。

それに自分が距離を取るのは、傷つけたくないというより嫌われたくないと思っているからなのだ。

そんな自己のことしか考えられない自分は、どこまでやってしまうかわからない。

伊織には、もう少しだけ気持ちの整理をする時間をくれと伝えた。

必ず、いつか部室には戻るからと。……できるかどうかは知らないが。

伊織はとても悲しそうな顔をしたが、こちらの意思を尊重《そんちょう》してくれると言った。

その後「自分達のことが嫌いになったんじゃないよね」と確認され、「それだけはないよ」と笑い飛ばした。

じゃあ待ってるからと言い残し、伊織は帰っていった。

申し訳ないと思うと同時に、なんとか乗り切れたとほっとした。そして、乗り切れたことによる喜びの方が自分の中で大きいことに気づき、自己嫌悪になった。

それにしても、と思う。

どうして伊織だったんだろうか。こういうときにお節介《せっかい》するのは太一だと思っていたのに。伊織の話の中で、太一と話し合って云々《うんぬん》というのは出てきたが……。
……あれ？
自分はどうしてそんなことを気にしているのだろうか。

六章　気づいてしまって

次の日、前日の宣言通り桐山《きりやま》はちゃんと登校した。

桐山が学校に来たと聞くや否や永瀬《ながせ》はすぐに教室を飛び出し、桐山に抱きつきに行った。桐山はちょっと困った風に恥ずかしがりつつも、とても嬉《うれ》しそうにしていた。

その時久々に、太一《たいち》・永瀬・桐山・青木《あおき》という四人のメンバーで喋《しゃべ》った。

一週間以上休んだことになるが、桐山はクラスにも温かく迎えられているようだった。

ただ稲葉《いなば》だけは、珍《めずら》しく学校に遅刻したので、その場に居合わせていなかった。


「あー、後は稲葉んが来てくれたらいいんだけどなぁ」

放課後の部室で永瀬が呟《つぶや》いた。

桐山も含めてみんなが部室に帰ってきて、後欠けたピースは稲葉だけだった。

「俺もちょっと話してみたんだけど……。稲葉は色々なところに気づいちゃうし、後心配性なところもあるからな……。まあ、慌《あわ》てずゆっくりやっていこう。無理に俺達の望みを押しつけるのだけは、間違ってると思うし」

　自分にとっての大切なことと、稲葉にとっての大切なことは同じではない。そのことは理解しなければならない。

　でもやっぱり、稲葉も早く部室に来てくれたらなと太一は思う。

「うーすっ」

　と、その時青木が扉を開いた。なぜか、苦笑いしている。

　続いて桐山唯《ゆい》も入ってくる。こちらの表情は暗く、足取りはおぼつかない。両の手には大きなビニール袋をぶら下げている。

「なにかあったの、唯？」

　心配そうに眉《まゆ》をひそめながら永瀬が聞いた。

「…………買い過ぎた」

　桐山はビニール袋の中身をどちゃっと机に広げた。

　チョコレート、ポテトチップス、メロンパン、どら焼き、プリン……その他大量のスナック菓子《がし》やら菓子パンやらが出てくる。

「いや〜、オレがちょっと目を離した隙《すき》に、なんつうの、食欲か物欲？　みたいなのがきちゃったらしくて……こうなってた」

　項垂《うなだ》れてパイプ椅子《いす》に座る桐山を横目に、青木が説明した。

「うわーお……、お金大丈夫だったの？」

「ちょうどお小遣《こづか》い貰《もら》ったばっかで……それをそのまま財布《さいふ》に入れてたから……うう〜、今月どうやって生活すればいいのよ〜⁉」

「運がいいのか悪いのか、って感じだな」

じたばたと悶《もだ》える桐山を見ながら太一は呟いた。

「ところで唯、これどうするの？」

永瀬が訊《き》く。

「どうしよ……。こんなに持って帰ったら家族になんか言われちゃうし……」

「返品するのも、こんだけ大勢の生徒の前で買ったんだからダメだって言わ――」

言葉の途中で、青木が固まった。

そして、かっと目を見開く。

これは――『欲望解放』か。

太一が思った時、青木が叫んだ。

「そのみたらしだんごくれえええ！」

おそらく『食欲』だと思われる『欲望解放』で、青木が妖怪《ようかい》みたらしだんごくれくれになった。

「なっ⁉　ダメダメっ！　勝手にあたしのもの取るなっ！　こら、このバカ！」

青木と桐山がだんごのパックで綱引きを始める。

「なんだ……そんなのか……。なに来るのかと思って身構えちゃったよ……」

永瀬が安堵《あんど》の溜息《ためいき》を漏らす。

「ま、こんだけ目の前に置かれたら食べたくなるのもわか――」

永瀬の動きが、止まった。

穏《おだ》やかだった顔が、凍《こお》る。

まさか。

「……そのサンドウィッチ貰ったあああ！」

永瀬は机の上に身を乗り出して食料の山からサンドウィッチを奪《うば》いにかかる。

「おい永瀬落ち着けって！」

太一は言ったのだが、当然の如《ごと》く永瀬は止まらなかった。

「伊織《いおり》までなにやってるの!?　別にあげないって言ってる訳じゃないんだから！　ちゃんと分けてあげ――」

桐山が青木と綱引きしていただんごのパックを放す。

「のうっ!?」

急に反対に引く力を失ったおかげで青木が後方にごろごろ転がった。

桐山が目を見開いて一瞬固まる。……と思ったら目の前の袋をばりっと破った。

「お腹減った〜！　チョコチップメロンパン〜！」

桐山もチョコチップメロンパンをむさぼり食い始めた。

皆凄《すご》い勢いで食べ物を口に運んでいる。ちょっとした大食いコンテスト状態だ。

「いやいや三人同時って……。しかし同時多発なのに『なにか食べたい』と思っているだけの時で、ある意味助か――」

【喰《く》らえ】


信じられなかった。

だけど確かに、頭の中で声が聞こえた。

自分の意思ではどうにも止められない、体から湧《わ》き上がってくる衝動《しょうどう》がとにかく憎い。

自分まで『欲望解放』状態になったら、誰がこの事態に収拾をつけるのか。

しかし、太一の思いも空《むな》しく――。

「お……俺にもチョコくれえええ！　ギブミーチョコレートおおおおおおおおお！」

「ああ……もう最悪……」

桐山が呟く。

三分以内に全員の『欲望解放』は終了していた。

時間も短く全部食べきることなどなかったのだが、皆欲望の赴《おもむ》くままだったので、食い散らかし方が酷《ひど》かった。

部室には一口二口食べただけのパンやらお菓子やらが山盛り積み残されている。

「どうしようか、これ。あはは」

永瀬が引きつった笑みを浮かべる。

「食いかけのヤツはもう食べるしかなくね？」

青木が言い、

「……お金はみんなで割り勘《かん》だな」

太一が言った。

「よ、よーし、こうなったらパーティーだ！　テンション上げてこうぜ！」

だらーんと元気をなくしている桐山の方を窺《うかが》いながら、永瀬がかなり無理した明るい声を上げた。

下を向いていた桐山が「う～」と唸《うな》り出し、しばらくしてから顔を上げてばんっと机を叩いた。

「もうヤケクソよ！　みんな食べれるだけ食べちゃって！　あたしも食べる！」

ということで飲み物（購入物の中に飲み物は一切なかった）を買ってきての即席パーティーが始まった。

「まあ、遠足の前祝いみたいなところでいいんじゃない？」

「なんで校外学習に前祝いなんて必要なんだよ」

青木の適当な発言に太一がつっこんだ。

「あ、そう言えば、クラスごとに目的地選ぶのに、わたし達の三組と、そっちの一組って一緒のところに行くんだよね」

永瀬が言うと桐山が反応した。

「えっ、そうなの？」

各クラス自主的に決めると言っても、候補地《こうほち》は似たような場所が挙《あ》がるものなので、こういうこともままあるらしい。

「そうなんだー、なんかちょっと嬉しいかも。まあクラス活動だから一緒になにかやるってことはなさそうだけど」

そういえば、藤島《ふじしま》の強権《きょうけん》発動で、カレーライスを作る際の班が、太一と永瀬と稲葉で同じになったのだ。

今稲葉は自分達と少しだけ距離を置こうとしている。部室にも来ないし話しかけても素っ気ない。

稲葉に考えがあるのは当然わかっている。

けれどこの校外学習がなにかきっかけとなって、稲葉の考えが少し変わってくれたらなと太一は思った。

■□■□■

昨日みんなの中でなにかあったようだ。

自分は外に出ない方がいいんじゃないかと、昨日からずっと考えていた。

万引きをやらかしてしまってから、特に考え方がマイナスに向かってしまい、もっと酷いことをやってしまいそうで恐かった。

だから学校もサボってひきこもってやろうかとも思った。

が、唯が学校に来たという連絡を伊織から受けて、考えを改めた。

あれだけひきこもりによる弊害《へいがい》を偉《えら》そうに語っておいて、自分がひきこもっては示しがつかない。

それにひきこもると、なんとなく奴らに乗り込んでこられるような気もした。踏み込んでこられると、どうなってしまうかわからない。

また、保身ばかりを考えている。


学校に行くと唯が話しに来てくれた。

わざわざ、「あたしにキツイことを言ったとか、そんなことを気に病《や》んでいるのなら大丈夫だから」とまで言ってくれた。

それでもこちらが謝ると、言っていることは間違ってなかったからと唯は笑った。作り笑顔ではなく、ちゃんと笑っていた。

太一も伊織も青木も自分に話しかけてきた。

みんなそれぞれに、無理はしなくていいけど部室に来て欲しいと自分に言ってくる。

こんな自分に、まだ、居場所を用意してくれる。

ありがたいと思うと同時に、失いたくないという思いが強くなった。

今の自分は、あの場所に行く自信がない。

四人が集まっているであろう部室棟《ぶしつとう》を横目に、一人帰宅した。

■□■□■

稲葉姫子《ひめこ》は家に帰ると、一人で鬱々《うつうつ》と、ネットの海を巡回《じゅんかい》して過ごした。

少し、昔を思い出す。

他人を信用せず、極端に壁を作って、学校生活に困らない程度の人間関係は構築しつつも、友達と呼べる人間は一人もいない。そう遠くはない、過去の話だ。

中学校の卒業アルバム。集合写真や個人写真はともかく、自分がまともに写っているスナップ写真は一枚もない。流石《さすが》にほんの数枚、見切れるように写っているものはあるが。

中学時代の自分が、友人と親しげにしている姿の記録など、この世のどこにも残っていない。

それも当然のことだ。元々、誰かと親しげにしている瞬間など存在していなかったのだから。

そんな事実、ずっと気にしてこなかった。

けれど、なぜか今は、そのことを思うと胸が苦しくなる。

いつの間に自分は、こんなに弱い人間になったのだろうか。


夕方も遅くなってから、母親が部屋の扉を叩いた。

なにかと思うと、「担任の先生が来てるわよ。少し話したいことがあるって。……なにかやったんじゃないわよね？」などと言い出した。

なんの冗談かと思ったら、本当に母親の後ろからそいつは現れた。

一年三組担任兼、文化研究部《ぶんかけんきゅうぶ》顧問《こもん》、後藤龍善《ごとうりゅうぜん》の外見をした存在だった。

いつもより目は開いている。いつもより肩は張っている。でも本当のいつもの後藤と比べれば、覇気《はき》のなさは一目瞭然《いちもくりょうぜん》だ。

死んだような目の、〈ふうせんかずら〉がそこにいた。

とりあえず、なんでもないからと母親を部屋から追い出した。不承不承《ふしょうぶしょう》頷《うなず》くまで、何度もお茶やらなにやら持ってくるなと強く言った。

扉を閉め、つっかえ棒で外からは扉を開かないようにして、そいつと向かい合う。

「マジでなにしに来やがったんだよお前は……！」

極力大きな声にならないよう注意しながら稲葉は悪態《あくたい》をついた。

「ああ……誰にも聞かれないようにするとは賢明《けんめい》な判断です……」

一瞬にして、そいつはいつもの〈ふうせんかずら〉の雰囲気に戻る。やる気のなさと生気のなさが、度を越して全身に表れてくる。

〈ふうせんかずら〉の出現で、己の部屋が一気に異世界へと変貌《へんぼう》する。

なんだ、この状況は。

基本的に自分達を放置しているはずのこいつが現れたのはなんのためだ。

なにかをするためか、それとも。

「まさかもう終わり……ってことはないよなぁ？」

余裕があるフリをして、稲葉は訊いた。

なぜ。どうして。どうしたらいいんだ。

問いが次々湧き上がって頭が混乱しかけているが、気取られてはならない。

「終わりなんてことは、まだないですねぇ……」

気怠《けだる》くて、背中がぞわぞわする気持ちの悪い声が自分の部屋に落ちる。

己の領域が侵《おか》された気がして胸クソ悪い。

しかしいきなりこちらになにか仕掛けてくる様子はなかったので、稲葉はひとまず安堵する。もちろん、気は抜けないが。

「じゃあなんだよ……。さっさと出ていけクソ野郎が」

「いやいや……気づかないいんですか……というか覚えてないいんですか稲葉さん……。必要とあれば面白くするって言いませんでしたっけ……？」

「……それはひきこもった時の話じゃねえのかよ」

「え……？　そんな言い方しましたっけ……？　まあ……どうでもいいですけど、だって……稲葉さん今……半ひきこもりじゃないですか？」

「……っ！　……んな言うほどひきこもってもねえだろ。ちゃんと学校にも行ってるんだし」

　かろうじて、稲葉は言葉を返す。同時に、肌が粟立《あわだ》つ。本当に自分達は〈ふうせんかずら〉に観察されているのだと、改めて思い知った。

「しかし稲葉さんは本当に面白いですねぇ……。観察のしがいがありますよ……」

「……だからなんなんだよ、目的があるなら早く言えよ。世間話しに来た訳じゃねえんだろ？」

「世間話……？　ああ……でももしかするとちょっと近いかもしれませんねぇ……。ただ僕は……揺さぶりに来ただけなんですからねぇ……」

「揺さぶりに来た……？」

　まだ、状況は摑《つか》めない。

「ああ……ちょっと介入するって言ったでしょ？　サボり過ぎてるのがばれたので、って……。あれ、言ってませんでしたかねぇ……。じゃあ今言いました……、と」

「ふざけんなよクソがっ。……つーか、サボり過ぎてるのがばれたって、お前上司でもいるのかよ？」

「はぁ？　……さぁ？」

相変わらず腹の立つ気の抜けた声だ。

「しかし稲葉さん……結構きつそうですねぇ……」

認めるべきかどうか少し迷うが、無意味だと気づきやめる。

「……おかげさまでな」

〈ふうせんかずら〉は自分からなにを引きだそうとしているのか。それを読み取ろうとするが、表情は『無』以外のなにも表していない。

「……なんでそんなにキツイんですか……？」

「テメエが『欲望解放』なんてふざけた真似《まね》をするからだろうがっ」

「いやいや……、そういうことじゃなくて……。なんて言ったらいいんだろう……。なんであの仲間がいる空間をそんなに大事にしてるんですか……？　……しんどいなら、壊してしまえばいいんじゃないですか？」

一瞬息が止まった。

ここまで全部、筒抜けなのか。

そして、壊してしまえばいいという甘美《かんび》な誘惑に釣られ——ない。釣られるはずがない。

「……今アタシの中で、一番大切なのがあの空間だ。それを自ら壊すなんて真似、する訳がねえだろ」

まさかこのセリフを初めて吐く相手が、〈ふうせんかずら〉だとは思わなかった。

「……ああ、その決意固そうですねぇ……。なんだ……、そこを壊してくれれば、今の稲葉さんの精神状態からして、この世の中ぶっ壊してやる……とかなるかなぁ、なんて期待してたんですけどねぇ……」

「んなサスペンス漫画《まんが》みたいな展開しでかすほどアタシは面白くねぇよ……。つーか、なんだよお前の発想力は……」

本当に、こいつはいったい何者なんだ。どんな存在なんだ。

「ああ……じゃあこれで最後に揺さぶっておきますかねぇ……。……本当に一番大切なものはそれですか？」

「……は？」

「稲葉さんの中にもう一つ同じくらい大切なものがありませんか……？」

「……ねえよ、そんなもん」

あの空間より大切なものなど、あるはずがない。

あるはずが、ない。

「いやいや……あるじゃないですか……。必死で気づいていないフリをしてるヤツがねぇ……。それが外に出てしまうと……あの場所を壊してしまうからって――」

「黙れっっっ！」

叫んで、〈ふうせんかずら〉の声を遮《さえぎ》った。小声で話さなければいけないことなど気にしていられなかった。

「ああ……これはもう完全に意識しちゃいましたねぇ……。もう引き返せませんよ、意識したら……たぶんもう逃げられませんからねぇ……」

やめろ。やめろ。やめろ。やめろ。やめろ。やめろ。やめやがれ。

自分が唯一望むことはあの空間を守ることだ。

後から湧き上がってきたこんな気持ちなど、一時の気の迷いにしか過ぎないのだ。

そうだ。絶対にそうなのだ。

これ以上気にしなければならないことを増やすな。

保《も》たない。

「あれれ……流石にここまで効果があるとは予想外で……。ああ……じゃあもしかしたらクライマックスも近い気がしますねぇ……。どうなるんでしょ、楽しみですよ……」

濁《にご》っているくせに、全てを見透かしたような目で、〈ふうせんかずら〉はこちらを見つめてくる。

声が出せない。

胸を押さえる。

心と頭がぐちゃぐちゃになっている。

その間、〈ふうせんかずら〉はただ黙ってそこにいた。

しばらくして、〈ふうせんかずら〉はまた口を開く。

「ああ……じゃあ僕が努力したという事実はできたことですし、もう帰りましょうかねぇ……」

だからなにがしたいのだ。帰るのならなぜさっさと帰らない。訳がわからない。訳がわからな過ぎる。

「……こんな風に人間をねじ曲げてなにがしたい？」

絞《しぼ》り出すようにして聞いていた。答えるはずもないのに。

しかし予想とは裏腹に〈ふうせんかずら〉は答えを返してきた。

「……じゃあ一つだけ問いかけたいんですけど、人間は今ある形が、最善の形なんですかねぇ……。まあ、考えなくてもいいですけど」

無性に、腹が立った。

「……なあ、一発ぶん殴《なぐ》ってもいいか？」

「……殴られる直前にこの人の意識を戻すだけの話です……」

気持ちの悪い、やり取りだった。

出ていくのならとっとと出ていって欲しい。

観察するだけとか言っていたくせに、これだけ揺さぶりに来やがって。

だがその前に一つ。

「……お前、他の奴のところにも行くつもりか？」

その言葉を聞いて、〈ふうせんかずら〉は「面白いですねぇ……」と少しだけ唇《くちびる》の端を吊り上げた。なんなんだ。

「ご心配なく……。これは稲葉さんだけの特別出張ですから……。というか……僕がこんな面倒なこと何回もすると思いますか……？」

「思わねえよっ。……ならだいたいなんでここまで来たんだよ。……学校でも別にチャンスくらいあるだろうが」

稲葉は吐き捨てる。別の話題で頭を満たすと、少し楽になった。

強い稲葉姫子が、若干《じゃっかん》取り戻せた気がする。

「いやいや、それがなかなか……。というより……、こういうのも面白いでしょ？」

「どこが……。じゃあ毎度後藤の姿で来るのはなんでなんだ？　別に誰にでも乗り移れるんだったら、他の文研部員でもいいし、うちの家族でもいいんだろうが」

尋ねると、〈ふうせんかずら〉はぼうっとした表情で少し固まった。

「……だって……自分の記憶に空白があっても、全然気にしない人ってあんまりいないんですよねぇ……」

納得だった。

「ああ……というかなんで帰るって言ってからこんなに喋ってるんですか……。しかもどうでもよくて僕の得にならないことばかり……。ああ……意味がわからない。わからないのでさようなら。……あんまりひきこもらないようにお願いしますよ……。そうしたらまたなにかしなきゃいけないかもしれないので……」

最後に最悪の言葉を残して、後藤の姿をした〈ふうせんかずら〉と名乗るなにかが部屋を出る。念のため、家を出たとわかるまで後ろから見張った。

その後、歩き去る様子を、しっかり部屋の窓から見届けた。

七章

遠足は戦場だった

奴のせいで注意しなければならないことが増えた。
可能ならば、忘れることが一番だとわかっている。
でももう、誤魔化《ごまか》しきれないくらい完全に意識してしまっていた。
嫌だと思っても、消したいと思っても、どうしようもなくその気持ちが胸で疼《うず》く。
本当は、自分にはそんなことを思う資格なんてないのに。
こんな人間が、思っていいはずがないのに。
居場所があるだけでも上出来なくらいだ。
だから手放したくない。
もし、これが外に出てしまったら？
ダメだ。絶対に避けなければならない。
その時自分は、もう完全にあの空間に戻れなくなる。
五角形が壊れる。

だからなんとか、隠し通さなければならない。

自分は耐えられるか。乗り切れるか。誤魔化せるか。守れるか。

壊すのだけは、嫌だ。

■□■□■

桐山《きりやま》が学校に来るようになってからの三日間は、太一《たいち》にとっても他の文研部員《ぶんけんぶいん》にとっても穏《おだ》やかに流れていった。少なくとも、太一の把握《はあく》する限りではそうだ。

『欲望解放』も起こりはしたが、後に引きずるような問題になるものはなかった。

太一達の関係がギクシャクした状態を脱したこと、それによる安心感、心の持ちようの変化が、かなりプラスに作用しているのかもしれない。

ただ唯一稲葉《ゆいいついなば》だけは、まだ皆と距離を取り続けていた。


そして金曜日、校外学習当日になった。

天気は快晴、風もなく穏やかな日和だ。

太一が学校に到着すると、運動場には私服姿の一年生がもうかなりの数集合していた。

学校なのに皆が私服姿であることに、なんだか妙なくすぐったさを感じた。そこかしこに浮ついた空気が漂《ただよ》っている。

ただハイキングを行うためおしゃれな格好《かっこう》がしづらいと、一部の女子陣はぶーぶー文句を垂《た》れていた。

目線の先、太一は一つの集団を見つけた。そこに近づいていく。

ボーダーのTシャツの上に、ソフトカーキのフード付きジャケットを羽織《はお》り、下はパンツスタイルの永瀬《ながせ》伊織《いおり》。背伸びした感のないナチュラルな装《よそお》いが大人っぽく見えて、とても魅力的《みりょくてき》だった。

チェック地のふわふわしたシャツワンピースに身を包み、下には細身のデニムパンツを穿《は》く桐山唯《ゆい》。動きやすさを考慮しながらも、とても女の子らしく華《はな》やかな姿だ。

体のラインがはっきりと出る黒を基調としたセーターに、こちらもすらりと長い足が強調されるパンツという出で立ちの稲葉姫子《ひめこ》。シンプルなスタイルだが、モデル体型の稲葉が着るともの凄《すご》く映《は》える。雑誌の広告にでも載っていそうだ。

そして、パーカースタイルの青木義文《あおきよしふみ》。

山星高校文化研究部《やまぼしこうこうぶんかけんきゅうぶ》の面々だ。

「おはよう」と太一は声をかける。

全員から笑顔で、挨拶《あいさつ》が帰ってくる。

……いや、稲葉だけは仏頂面《ぶっちょうづら》で目線を合わせただけだった。

自分達には今大変なことが起こっている。常軌《じょうき》を逸《いっ》した事態だ。でもなんとかこうしてやれている。

たぶんこのメンバーであるから。

なにをやってしまうかわからないという不安は、まだみんな抱えたままだ。

誰《だれ》かが暴走して、誰かを傷つけてしまう可能性は、依然として太一達に牙を剝《む》いている。

陥《おちい》っている状況上、文研部以外の人間にはほんの少し距離を取らなければならない。でも、自分達は一緒にいられる。一緒にいたいと思っているのだ。

みんなで力を合わせれば、今回も乗り越えることができると信じている。

ただ稲葉だけは、散々の太一達のアプローチにもかかわらず、この二日間で更に態度を硬化《こうか》させている節があった。

少し、不安になってくる。

なにかあればいつでも力になると伝えてはいるが、問題が表面化している訳でもないのでそれ以上はなにもできない。

ただ心の整理がついていないだけの話ならば、いいのだが。

■□■□■

全員が集合したところで、貸し切りバスに乗り込み、目的地の山へと向かった。

山の麓《ふもと》に到着すると、皆で一時間ほどのハイキングコースへと挑む。と言っても、非常になだらかなコースだ。特にトラブルもなく全員がスイスイと歩き、行程は順調に消化されていった。

途中あった問題と言えば、山登り中『欲望解放』が起こり、『甘えたい欲（？）』とでも言うべきものに取りつかれた永瀬が「あ〜、歩きたくないよ〜。ヤダよ〜。おんぶして〜」と駄々《だだ》をこねて太一にしがみついたこと。

『欲望解放』などなにも起こっていないはずの一年三組担任、後藤龍善《ごとうりゅうぜん》が「う〜、二日酔いに山登りはキツイよ〜、助けて〜、稲葉さ〜ん」と言ったところ、「今日が校外学習ってわかってただろ！　しゃきっと歩けこのうすらバカ教師が！」と稲葉に叱《しか》られていたことくらいだった（どう考えても立場が逆）。

ハイキングコースの終着点となる山の中腹にある施設に到着。ここからは各班に分かれてカレー作りに取りかかることになる……はずだったのだが、少々問題が発生していた。

先に到着して、施設の係の人から説明を受けていた学級委員長、藤島麻衣子《ふじしままいこ》が、太一達に説明してくれる。

「ま、半分の班が新しい方の野外炉《やがいろ》と流し台を使えて、半分の班が古くてぼろい方を使わなきゃならないという話よ」

この施設は事前予約しておけば、食材を用意してくれるのはもちろんのこと、調理器具の貸し出しも行ってくれる野外活動施設なのだが、老朽化《ろうきゅうか》が進んでおり最近一部を工事したらしい。予算の関係上全面改修とはならなかったため、半分はぴかぴかの新品で、半分は今にも崩れ落ちそうなぼろぼろという具合になっているのだった。

いつもは新しい方の半分だけで回せているらしいが、今日は人数も多いためそうもいかないようだ。

そのため適当な班と班の組み合わせを作り、じゃんけんで勝った班が新しい方、負けた方が古い方を使う、という話になった。

「太一、頑張ってね」「八重樫《やえがし》君、負けたら罰《ばつ》ゲームよ」「負けたら罰ゲームですよね、藤島さん。おい、八重樫絶対勝てよ」

永瀬に、藤島に、渡瀬《わたせ》に激励され（一部は脅し）、太一は代表者としてじゃんけんに挑む。

「俺じゃんけん弱いって言ってるのに……」

「大丈夫だって太一、負け運はもう使い果たしてるから」

にこりと笑って永瀬が言う。勝利を信じてやまない笑顔だ。眩《まぶ》しくて直視できない。

班で代表者を決める際、じゃんけんで負けた者を代表にするということになった（勝ち運を使っていないから）。そこで太一は見事に三連敗を喫《きっ》していた。

「おい太一。……勝てよ」

「なら自分が……って、稲葉!?」

「……なんでアタシが話しかけたら驚くんだよ」

「い、いや……なんでもない」

稲葉の方から太一に話しかけてくるのは久しぶりだった。このような場面だからだろうか。やはり校外学習は自分達にいいように作用してくれるかもしれない。

「しかし……なんかやたらと熱のこもった言い方だったな」

太一が呟《つぶや》くと、稲葉はむっとした表情をした。

「あれ、ちゃんと見たのかよ？」

稲葉が古い方の流し台を指した。

最近使ってないということもあってか、流し台には枯れ葉が溜《た》まっていた。

「あんな不衛生《ふえいせい》なもん使ってられるか……！　ただでさえ野外調理なのに……！」

ぎりぎりと拳《こぶし》を握りしめて稲葉が唸《うな》った。

稲葉姫子は、少々潔癖症《けっぺきしょう》だった。


じゃんけんには綺麗《きれい》さっぱり負けてしまった。

古くてぼろい方の野外炉と流し台は、どう見ても使用前に掃除が必要だった。

自らのせいでそうなってしまったため、太一は率先して掃除をした。

ゴミを集め、ゴミ捨て場に持っていく。

ゴミ捨て場には、ちょうど稲葉が先に来ていた。ちっ、と盛大に舌打ちしながら、稲葉はゴミを投げつけるように捨てている。

「あの……ごめんなさい」

太一が声をかけると、稲葉はまた舌打ちした。

「……もういいよ。……でもなんであれだけじゃんけんが弱いんだよ。その後試《ため》しにって伊織とか渡瀬とじゃんけんやっても負け放題じゃねえか。どんだけ運がないんだよ」

こっちが知りたい。

「そういや朝見た占いで俺最下位だったんだよ……。その影響もあるかも……ん？　こっち側、崖《がけ》になっているのか、危ないな」

ゴミ捨て場のすぐ側は急斜面になっていた。

「落ちたら死にそうだな。落ちるなよ、ツキなし男」

「誰が。こんなとこ自分から落ちようとしなきゃ落ちねえよ」

「あっそ。……てか、なににやついてこっち見てるんだよ」

「いやなんか……こんな風に稲葉とどうでもいい話をするのは久しぶりだなって」

「なっ……！　いや……つい……くっ！」

稲葉は顔を赤くした後、憎々しげに顔を歪《ゆが》めた。

「なんだよ、そんなに嫌がるなよ」

「うるさいっ！」

言い捨てて稲葉はさっさと歩いて行ってしまった。

各班に分かれて、調理を開始する。

太一の班では藤島の指示の下《もと》、分担がなされ、ひとまず太一・永瀬・稲葉の三人で食材の下準備をすることになった。クラスの愛と平和を守る藤島のことであるから、分け方は意図があるのだろう。

野菜を洗い、切る。

永瀬がやたらと話題を振るのだが稲葉の反応は鈍《にぶ》く、会話が続かない。

稲葉は先ほど太一が余計なことを言ってから機嫌《きげん》が悪かった。失敗したかもしれない。場を取りなそうと永瀬が頑張っている。なんだか申し訳ないので太一も話題を探す。

「永瀬……上手《うま》いな」

ふと目についたので太一は口にした。

「まあね、結構家で料理してるから」

言葉通り、永瀬の手際は非常によかった。

「へえ……。稲葉は……、なんか雑《ざつ》いな」

タンッ、と大きく音を立てて稲葉が包丁を降ろした。

しまった。素直に言い過ぎた。

「太一ぃ……」

永瀬にジト目で見られた。

と、稲葉が体をぷるぷると震わせ出した——次の瞬間切れ長の目を見開いた。

まさか、『欲望解放』が起こったのか。

刃物を持っている今はマズい。マズ過ぎる。

いざとなったら自分が体を張って稲葉を止めなければならない。太一は身構える。

「太一っ、アタシを舐《な》めてんじゃねえぞ！　アタシだって本気出しゃすげえんだよ！　見せてやろうかぁ⁉」

稲葉は身を乗り出して、太一に迫った。

唐突なのとその怒り方度合いから『欲望解放』であるのは間違いなさそうだが……。

なんだろうこれは。『雑い』と言われたのが、よっぽど悔《くや》しかったのだろうか。

「伊織もちょっと太一に褒《ほ》められたからって勝ち誇《ほこ》ってるんじゃねえぞ！」

なぜか矛先は永瀬にも向いた。

「な、なんでそうなるの⁉」

「うるせえ！　とにかく勝負だ！　このサラダ用のキュウリの早切りで勝負だ！　負けねえぞ！　太一っ、勝ったら認めろよ！　よし始めっ！」

二人のことなどお構いなしに稲葉はキュウリを切り出した。

ちょうどその時、お米を炊《た》く作業をしている藤島が、こちらの様子を見に来ていた。

「あら、なかよしこよしじゃない。やっぱり一緒の班にした私の判断に間違いはなかったわね」

どこが、と太一は心の中でつっこんだ。

三分の一ほどキュウリを刻《きざ》んだところで稲葉はぴたりと動きを止めた。

包丁を持っているし、キュウリを切っているだけなので、見守っているだけにしておいたら、『欲望解放』は終わってくれたようだ。

「……ちょっと頭冷やしてくる」

顔を赤く染め上げた稲葉が言った。

「ど、どうぞ」

太一と永瀬は二人でハモった。

しばらくは太一と永瀬で調理をしていた。

だがなかなか稲葉が戻らない。少々心配になってきたので太一が捜しに行くことにした。

各班がわいわいと作業している中を太一はすり抜けていく。

「にんじんの皮剝けよ!」「にんじんは皮剝かなくてもいけるというか剝かない方がいいんだって」「ちょ、火強すぎた」「おいっ、焦《こ》げるぞ!」

面倒臭い、だるいなどと言っている奴も多かったが、やってみればなんだかんだ皆楽しそうにしている。

「って稲葉どこなんだよ……あ」

視線の先に桐山と青木がいた。

クラスの皆と一緒になにやら楽しげにやっている。

と、青木がちょいちょいと桐山を手招きした。

「ん?」という表情をした後、とてとてと桐山は青木の下まで行く。

青木が耳打ちをするポーズを取ると、桐山はなにも言わず自分のロングヘアーを耳にかけ、青木に耳を貸した。

とても自然な動作で。

なんの躊躇《ためら》いも見せずに。

青木が体を曲げ、くっつくような近さで桐山になにかを伝える。

嫌がりもせず桐山は青木の話を聞き終え、それから二人で顔を見合わせて大笑いを始めた。

その瞬間に限って言えば、そこに、男性恐怖症だと語っていた桐山の影は、なかった。

見えたのはただ、青木との間の心の繋《つな》がり。

なんだか邪魔するのも悪いかなと太一は思って、稲葉を知らないかとは聞きに行かなかった。

ぐるぐると歩き回っても全く稲葉が見当たらないので仕方なく持ち場に帰る――と既《すで》に稲葉が戻ってきていた。

早く教えて欲しかった。

「ごめんねー。でも携帯《けいたい》は圏外《けんがい》だしさ」

永瀬が謝る中、稲葉は特になにも言わず「お前が悪いんだからな」という顔でこちらを睨《にら》んでいた。

「八重樫君。なにサボってるの。お米の焦げちゃったところは八重樫君が食べてね。あ、おこげじゃないわよ。いい具合におこげになっているところはみんなで分けるから」

そして藤島に怒られた。しかもチーム藤島の失態を押しつけられてしまった。


他の班が次々と完成していく中、太一達の班はなかなか食事にありつけないでいた。

「もういいんじゃないですか~、藤島さーん……」

お腹が空いて元気のなくなってきた渡瀬が言う。

「まだよ、まだ待ちなさい」

理由は不明だが、藤島はカレー作りに異様なこだわりを持っていた。オリジナルブレンドのスパイスを投入し、また煮込む時間も厳格《げんかく》にしたいらしい。クラス活動の一環としてやるにはやり過ぎだ。

「早くしてよ~、藤島さ~ん」

永瀬もへばっていた。

「もう少し……もう少し。今最後のスパイスを投入しているから……」

そう言う割に藤島はなにもせず、ただ時計だけを見ている。

食欲をこれでもかと刺激する匂いの中耐える時間は、拷問《ごうもん》に近かった。

なにも言わないが、稲葉もイライラしているのは明白だった。

「………よしっ！　いいわ！」

ついに藤島のゴーサインが出る。

空腹が極限まで達していた太一達は、見事な連携《れんけい》で即座にカレーをよそう。

「「「いただきますっ！」」」

全員でかき込む。

「「「うめえええええ！」」」

「最高のスパイスは空腹……もとい、愛よ！」

藤島の戯《ざ》れ言はさておくとして、カレーは感動するくらいおいしかった。

■□■□■

青空の下のテーブルでカレーライスを食べる。太一と伊織と藤島と渡瀬が楽しげに会話するのを、稲葉姫子は黙って聞いていた。話を振られた時は適当に返し、ちびちびと食事を進めた。

食べ終わった者から、食器を流し台に持っていく流れになる。稲葉も席を立った。

皆で作ったカレーは案外悪くなかった。いや、十分うまかった。

「おいしかったね、稲葉ん」

先に食器を洗い終え、席に戻ろうとしていた伊織が声をかけてきた。

「そうだな」

大分、自然に返せたと思う。

どうしても接触の場面が多く、危ない場面もあったが、なんとか耐えられたし、立て直せた。

伊織の表情が嬉《うれ》しそうに緩《ゆる》んでいる。

こちらまで、幸せになってきそうな笑みだ。

こんな笑顔が満たされるあの空間に、ずっといられたらいいと心底感じた。

稲葉は食器を流し台に置く。

「おい稲葉！　お前血出てないか⁉」

いつの間にか横に来ていた太一に言われた。

「え？」驚いて稲葉は手を広げる。どこのことを言っているのかわからない。

「ほらっ、ここ」

太一が左手を摑《つか》んできて、角度を変えて稲葉の視界に入るようにした。

「ああ……」

左手人差し指のささくれが深くえぐれて出血していた。いつなったのだろうか。全く気づかなかった。

「『ああ』じゃねえよ」

太一は蛇口《じゃぐち》を捻《ひね》り稲葉の手を引っ張った。無理矢理稲葉の手を洗う。

「おいっ、自分でやるよバカ！」

稲葉は慌てて手を引いた。

「ん、そうか。ちゃんとバイ菌《きん》入らないようにしとけよ」

ちょうどその時渡瀬に呼ばれ、太一は稲葉から離れていった。

本当に、なんというお節介野郎だ。笑えてくる。

稲葉は己の左手人差し指を見つめる。傷は結構前にできていたのか、新たに血は滲《にじ》んでこなかった。

水に濡れたばかりの指は冷たいはずなのに、不思議と熱い。

下手をすれば水が蒸発してしまうんじゃないかと思うほどだ。

胸が、苦しい。


【────】


そっと、人差し指に口をつける。

指も唇《くちびる》も、同じくらいに熱かった。自分の体温ではないみたいだ。

全身も熱くなっている。
胸が、狂いそうに苦しい。
最後にほんのりと甘噛《あまが》みし、名残惜《なごりお》しさを感じつつ、ゆっくりと指を口から離す――。

「――稲葉ん、もしかして」

血が逆流するくらいに心臓が跳ねた。
びくりと体を震わせながら声のした方を向く。
伊織が目を見張って突っ立っていた。
心臓の鼓動《こどう》がどくどくと大きくなる。息ができなくなる。
伊織はなにを目撃したのか。
自分はなにを見られたのか。
いつからと、無意味な疑問が頭をよぎる。
本当に無意味だ。バカみたいに無意味だ。
こんな自分だけど、これでも女の端くれだ。
その女の勘が言っている。
もう一度伊織が口を開く。

「稲葉んもしかして太一のことが――――」

ば　れ　た。

その発想に結びつくヒントは他にも与えてしまっているのだ。例えばこの現象の一番初めに起こったことなどその最《さい》たるものだ。

自分が押し倒したのは『性欲』のためだとか言った。誰でもよかったという風に誤魔化した。

でも本当は、誰でもよかった訳ではないとしたら。

伊織が続きの言葉を口にしようとする。

保ち続けてきたあの空間のバランスが崩れてしまう。

これまでほぼ最良の状態にあったというのに。

どうして。

嫌だ。やめてくれ。聞きたくない。

壊したくない。守っていたい。

自分にそんな資格はないと思っても、唯一のよりどころだからと大事にしてきた。

大切な場所だ。

失いたくない。

終わりたくない。

終わりだと思いたくない。

それが終わると知った時自分がどうなってしまうのか本当にわからない。

だから、だから、だからだから、

稲葉姫子は走ってその場から逃げる。


山の奥、細い木がまばらに立つ、道ではないところに分け入っていく。下は枯れ葉だらけだが平坦で走れなくはない。

後ろで声が聞こえたが無視した。

ただ走る。ひたすらに走る。草木を踏み破るようにして走る。

直線上に障害物があれば最短の歩数でかわし、あの場から一歩でも多く遠ざかる。

後ろから誰かが追ってくる気配がある。

でも決して振り返らない。ただ前だけを見る。

迂闊《うかつ》だ、迂闊過ぎる、迂闊過ぎて反吐《へど》が出る。

なぜあんな不用意な真似をした。

『欲望解放』が起こったのか。

【声】が聞こえた気がした。

でも聞こえなかった気もした。
いややった行動自体がバカげている。思った時点で頭がおかしい。
気が緩んでいたのか。心が思った以上に弱っていたのか。
注意しようとあれだけ心がけていたのに。
あの気持ちは、ただ一時的に熱に浮かされているだけなのだ。
自分の中の優先順位は確定しているはずなのだ。
呼吸が乱れる。
喉《のど》が乾燥《かんそう》する。
嘔吐感《おうとかん》が込み上げる。
踏み散らす地面の荒れ具合が強くなる。
何度も足を取られそうになってよろめく。
それでもただただひたすらに走る。
なぜだ。
やはりここ数日隠し通せていたのは偶然なのか。
『欲望解放』が起こる状況下で誤魔化すのは不可能だったのか。
〈ふうせんかずら〉のせいで自分は居場所を失うのか。
一番守りたかった大切なものを失うのか。
自分みたいな最低な人間が、あれだけのいい人間達から、仮初《かりそ》めであっても仲間と認めて貰《もら》えることが、果たして一生のうちにもう一度あるか。ない。あるとは思え、ない。

自分みたいな人間は、薄暗い部屋にこもるのがお似合いなのだ。分不相応《ぶんふそうおう》なものを求めていた。

いつかハリボテは朽《く》ちる。それはわかっていた。

けれどまだ、上手くやれているような気がしたのだ。

強くて頼れる稲葉姫子で、みんなと居続けられるのではないかと淡《あわ》い夢を抱いていた。

でもまさか、こんな形で終わるとは。

ハリボテはぎりぎり保ったままだったのに、予想だにしなかったところから大穴を開けられた。どぼどぼと、水が溢《あふ》れ出して止まらない。

大切なのは、みんなでいられること。

それだけでも、自分にとっては大き過ぎるものだったのに。

どうして、それ以外のものまで求めた。

なんて愚《おろ》かな人間だ。強欲《ごうよく》が身を滅ぼすのは当たり前のことではないか。

この現象の間だけ。この現象の間だけ距離を置いて失態を犯さず、この現象の間だけ気づかれずにかいくぐれたら、そう思っていた。

意識すればするだけ強くなる気持ちも、今この現象を乗り越えられれば後はどうとでもなるはずだった。

なのに、なのになのになのになのになのになのに、なぜ。

もう元には戻れなかったらどうしよう。

不安を少しでも遠ざけたくて稲葉は走る。

そして誰もいない世界を目指す。

■□■□■

逃げて、逃げて、逃げて、逃げて、逃げて。

このまま果てなき場所まで逃げれば、失敗はなかったことにできるんじゃないかと思って。

けれども当然、そんなはずはなくて。

稲葉は現実に向き合わなければならなくなる。

足に乳酸《にゅうさん》が溜まりに溜まって、肺が痛くなって、ついに稲葉は立ち止まる。膝《ひざ》を地面につく。

木々がそそり立つ間、猫の額《ひたい》ほどだがぽっかりと開《ひら》けた空間だった。

ここは誰もいない世界ではないのか――そんな風に空想して、しかしその期待はすぐに裏切られる。

「稲葉ん……稲葉ん……稲葉ん……」

荒い呼吸を何度も何度も間に挟《はさ》みながら、自分の名前を呼ぶ声が聞こえる。

基礎体力で劣る自分が、伊織を振り切ることなどできる訳がなかった。

まだ、後ろは振り返らない。

地面を見つめてただ呼吸を整える。

頭の中はぐちゃぐちゃだ。

どうする。どうなる。伊織は。どう出る。まだ誤魔化せる？　まだ気づいていない？

取り得る手段は。可能性は。ある。ない。

色んなものがこんがらがって、結局どれも形をなさず、もう真っ白だ。

汗がだらだらと流れてくる。先に流れた汗は乾き、体温を奪っていく。

全身に熱さと冷たさが混在する。

体も、頭も、全ての感覚が揺らいで整理が追いつかない。

しかし否応なく時間は過ぎていって、動悸《どうき》は徐々に収まる。

同様に伊織も。

「ねえ……どうして……稲葉ん……ねえどうして……」

濡《ぬ》れて震える声が、二人が発する音以外なにも聞こえない空間に響く。

「ねえ稲葉ん……稲葉んも太一のことが……好きなの？」

ダメだ。訊《き》くな。聞きたくない。耳を塞《ふさ》ぎたい。でもどうしようもなく体は硬直《こうちょく》して動かない。

もう、取り返しがつかない。

答えを返さないでいると、ざくざくと地面を踏みならす音が聞こえた。

肩に手が乗る感覚があって、無理矢理振り向かされる。

ぼやけた視界の先、伊織の顔が映し出される。

自分の顔を見て、泣き顔の伊織が一瞬驚いたような表情をする。

今自分がどんな顔をしているのか。想像したくもない。

「どうして……」

もう一度呟き、数歩後退した後、伊織はその場にへたり込んだ。

「だって稲葉ん……わたしと太一がくっつけって……ずっと……ずっとそう言ってたのに……なのにどうして……」

伊織は額を押さえる。顔にどんな表情を浮かべればいいのか困惑しているように見える。

「そりゃ稲葉んも……太一のこと『好き』だろうと思ってたけど……。でもその『好き』は……友達としての『好き』じゃ……なかったの……？」

視界が歪む。嗚咽《おえつ》が出そうになる。

「じゃあなんで……わたしを太一とあんなにくっつけようとしてたの……？　わたしに譲《ゆず》ろうとしたの……？」

伊織が言葉を紡《つむ》いでいく。稲葉はただ首を振る。

譲ろうだなんて、そんなこと思ったつもりはない。二人をくっつけようとしたのは、自分が初めに決めたことなのだ。

「譲ろうとしていたのなら……どうして稲葉んは……そんなに苦しそうな顔をしているの？」

苦しそうな顔か。その通りだ。

苦しい苦しい苦しい。

その時、ふつりと伊織の声が途切れた。

猛然《もうぜん》とした勢いで伊織は立ち上がる。

「どういうことか説明してよ稲葉姫子っっっっっ！」

豹変《ひょうへん》。憤怒《ふんぬ》の表情。怒りの炎が目の奥で燃えていた。

いくらなんでも急激過ぎる——ああ、『欲望解放』なのか。

けれどそんなことはどうでもいい。目の前にいる存在がどうしようもなく永瀬伊織であることに、変わりはないのだから。

「どういうこと！　どういうこと！　どういうことなのっ！」

ああ壊れていく。守りたかった世界が壊れていく。

「さっさと言わないと友達やめるぞっっっ！」

やめて下さい。どうかどうかどうかどうかどうかどうかどうかそれだけはやめて下さい。

もう、我慢などできなかった。

「だって……だって……だって……そうしないと五人でいられなくなる……」

声を発して気づく。

自分は無様に、泣いていた。

涙が頬《ほほ》を伝ってこぼれ落ちていた。

「なんでっ、五人でいられなくなるの!?」

伊織に問い詰められ、ひっくひっくとしゃくり上げながら、必死な思いで言葉を押し出す。

「だって……男と女が集まって……恋愛とか変な風にこじれたら……友情とか木端微塵《こっぱみじん》になるくらい……揉《も》めるんだろ!?」

正しくどうなのかは知らない。自分は誰も好きになったことがなかったから。自分は誰とも深い友人関係になったことがなかったから。自分はこの世の誰をも信用していなかったから。

自分はずっと、一人だったから。

「青木は唯のことを好きで……唯もなんだかんだまんざらじゃなくて……。後伊織も支えてくれる人を求めていて……そういうのを自然としたがる太一がいて……伊織と太一がくっつけば……凄く……凄く丸く収まるじゃねえか……」

そうすればずっと五人でいられる。大切な空間を守っていられる。

自分は五人でいることが、あの空間のことが、大好きで大好きで仕方ないのだ。

「なにをバカなっ……、バカじゃないの!?　丸く収まるからって……そんな……。稲葉姫子が……稲葉姫子がこんなにバカだとは思わなかった！」

強く、強く、叫ばれて、感情を剝き出しにする伊織にあてられて、稲葉の中でなにかがはじけた。

今まで隠し続け、誰にも見せたことのない想いが溢れ出してくる。

それを止めようとはもう、思わない。

「アタシはずっと一人だった！　ずっとずっと一人だった！　けれど高校に入って仲間と呼べる存在を初めて得られた……。だから……どうあってもそれを失いたくはなかったんだ！　そしてその上手いやり方が……わからなかったんだ！」

ずっと寂しかった。

そして、寂しくなくなった。

『寂しくない』を知ると、『寂しい』に戻るのが恐くて堪《たま》らなくなった。

一瞬、伊織は硬直する。稲葉の顔を見て、ぱちぱちと瞬《まばた》きをする。

そして一度ふっと表情を緩めてから、再び目つきを鋭くし、叫ぶ。

「知らないよそんなもんっ！　寂しいなら寂しいって言ってよ！　それがなくなってしまわないかそんなに不安なら言ってよ！　世の中は稲葉んみたいに察しのいい人間ばかりじゃないんだ！　察しの悪い人間にわかって欲しかったら言ってよ！　恥ずかしくて不安かもしれないけど、言ってよっっっ！」

言える訳がない。

そんな弱みを見せられる訳がない。

自分は強くてできる稲葉姫子でなければならない。

じゃないとみんなに必要と思って貰えない。

居場所が作れない。

「なんでなにも言わないでそんなバカなことしたんだよっ！」

「じゃあ……じゃあどうしたらよかったんだよ！」

「どうもしなくていいんだよっ！」

髪を振り乱して伊織は叫ぶ。

「そんな訳……そんな訳ないだろっ！　アタシみたいなダメな人間がっ、嫌な人間がっ、最低な人間がっ」

こんな、人間が。

「『アタシみたいな人間』って言うなよ！　自分をそんな風に言うなよ！」

「仕方ねえだろうがっ！　アタシはお前らみたいに『いい人間』じゃないんだよっ！」

「じゃあそんな稲葉姫子のことが大好きなわたしはどうしたらいいんだよっっ！」

言われて、息が止まった。呼吸を、忘れる。

はぁ、はぁと伊織の荒い息だけが聞こえる。

「大好きだよ稲葉んっ！　本当に大好きだよっ！　わかってくれないのなら何度でも言うよ！　わたしだけじゃなくてみんなも大好きなんだよっ！」

こんな自分が、好きだと言って貰えるのか。

そんな。でもそれは。

「でもそれは虚像《きょぞう》の……強くてなんでもできる稲葉姫子だろ……。こんな……弱くて醜《みにく》いアタシじゃ――」

「わたしはどんなぼろぼろの稲葉んでも好きだよっ！　違うんだ、違うんだよ稲葉ん。稲葉姫子は稲葉んが思っているよりいい人間なんだよっ！　……ううん、やっぱ違う。それも違う」

伊織は強く首を振る。そうする間にも、伊織の迸《ほとばし》る感情が自分に降りかかってくるような錯覚《さっかく》を覚える。

「人間に『いい』も『悪い』もないよ！　そんな単純なもので分けられないんだよ稲葉ん。わたしと稲葉んで、いったいなにが違うんだ!?　一緒じゃないか稲葉ん！　一緒なんだよ稲葉ん！　ねえ、信じてよ！　わたしが……もしわたしが稲葉んにとって『いい人間』に見えるのなら、その『いい人間』がこれだけ言ってるんだから信じてよっ！」

自分と伊織は一緒なのだと、伊織がこれだけ言ってくれている。

本当に、心の底からそう思ってくれている。

それは、絶対に上辺だけの言葉じゃない。

だって今伊織には――、『欲望解放』が起こっているのだから。

もう、いい加減に。

いい加減に。

「大丈夫だよ稲葉ん！　稲葉んが必死にならなくったって、わたしはずっと稲葉んの友達でいてあげるよ！　ううん、『いてあげる』なんておかしい。わたしはずっと稲葉んの友達でいたいよ！　お願いだからいさせてよっ！」

――信じてみても、いいんじゃないのか。

「ああ……アタシは……ずっと誰かに……そんな風に言って欲しかったんだ……」

新たな涙と共に、自然と言葉がこぼれ落ちた。

強い稲葉姫子じゃなくても。頼れる稲葉姫子じゃなくても。こんなにも情けなくて弱い稲葉姫子でも。

ちゃんと、愛されることはあるのだと。

信じて自分をさらけ出しても、大丈夫なんじゃないかと。

自分は取り繕《つくろ》わない自分だけで、みんなとやっていけるんじゃないかと。

今になって、やっとそう思えた。

「……ありがとう」

心の底から、感謝の気持ちがにじみ出た。

たぶん心の底でずっとずっと望んでいた、『好きだ』という言葉を、こんなにも強く言って貰えた。

もうこれ以上、求めるものはなにもない。

自分はもう、そう言って貰えたという事実だけで十分だ。

「ありがとう……伊織。情けないアタシのためにそこまで言ってくれて……。でももう今更……だよな。こんな状況になってからじゃ……、どうしようもねえよな。アタシは……もういるだけで伊織と太一の邪魔者だ……。それに……、アタシはあの文研部の関係を、壊したくなんかない……。だからアタシは部室には……戻れない」

涙はいつの間にか止まっていた。

「どうして？」

伊織が尋ねてくる。

射るような瞳《ひとみ》が、稲葉を貫《つらぬ》く。

『欲望解放』はまだ、終わっていないのか、どうなのか。

一瞬身震いしてから、稲葉は口を開く。

「だって……もうどうしようもなく気まずいし、……やりづらいだろ？」

「なんで、そんな風になるの？」

冷たくて、凄みのある声だ。

伊織は更に続ける。

「……ううん、その前に。さっき稲葉んは、青木と唯がくっついて、わたしと太一がくっつけば『丸く収まる』とか言ってたけど……、稲葉んと太一がくっついたら、それでも丸く収まったんじゃないの？　どうしてそうしなかったの？」

「いや……それは……初めにそうしたらいいんじゃないかって思ったから……。伊織と太一……相性よさそうだったし……、ぴったりくる感じがあったし……。そ、それにアタシは別に太一のことどうも思ってなかったし……。あ、いや、今も別に——」

「なんでっ、ここまできて自分に嘘《うそ》なんかつくのっ⁉」

喉から血を吐くんじゃないかという勢いで伊織は叫んだ。

「……嘘なんて……嘘なんて別に……」

「バカなやり方だと思うけど……稲葉んは必死にわたし達五人の関係を守ろうとしていたんでしょ？　なによりも大事なものだと考えていたんでしょ？」

そうだ。その通りだ。

「でも、もしかしてそれが壊れてしまうかもと思っても……、それでも我慢できないくらいに………太一のことが好きになったんでしょ⁉　じゃなきゃ今こんな風になんかなってないでしょ⁉」

そう叫ばれて、——胸がつかえた。

この感情は。この思いは。この張り裂けそうな胸の痛みは。

「二つの欲しいものがあって、どちらかを手に入れようとすればどちらかを失ってしまう、そんな状況になった時、稲葉姫子は、どうするの!?」

ただ伊織に圧倒され、脊髄《せきずい》反射的に、稲葉は返す。

「そんなの……本当に大切な方を選んで……」

「違うでしょ!? 二つとも手に入れようとするのが、稲葉姫子でしょ!?」

叫び過ぎて、伊織の声はかれかかっていた。喉が苦しそうだ。でも、伊織は叫ぶのだ。

誰のためでもない、稲葉姫子のために。

「稲葉んなら、できるんじゃないの!? 稲葉んなら、友人の好きな男を奪い取って尚《なお》かつそれほど気まずくならず、円満に全てを解決することだってできるんじゃないの!? やると決めたら絶対にやる! どんなに分が悪くても決して諦《あきら》めない! 負けを認めない! それがっ、それこそが稲葉姫子でしょ!? 傲岸不遜《ごうがんふそん》、慇懃無礼《いんぎんぶれい》、人を操り自分に利する、なにを利用しても有言実行、それが……稲葉姫子でしょ!?」

稲葉姫子はどんな人間であるか。

稲葉姫子はどんな人間になりたいか。

「第一もしそんなことしなくたって――」

一旦言葉を切り、伊織は大きく息を吸い込む。これで最後だと言わんばかりだ。そしてその空気を、体全体を使って、押し出す。

「永瀬伊織と稲葉姫子の友情は、好きな男を取り合ったぐらいで壊れないよっっっ!」

ふー、と伊織は息を吐く。それから深呼吸をして、穏やかな表情で付け足した。

「そうじゃないと、わたしは信じています。……だから稲葉んは、なにも気にせずあの部室にもう一度戻ってきて、大丈夫なんだよ」

一度止まったはずの涙が、再び流れ出そうになって――、必死に食い止めた。

唇を噛み締める。鼻を啜る。上を向く。目尻に溜まった涙を、拭《ぬぐ》う。

どうしようもなく、自分は弱かった。それを虚栄《きょえい》で、必死に誤魔化していた。誤魔化し続けていた。そして、誤魔化し切れなくなった。

自分はダメな人間だと思っていた。

自分に自信がなかった。

自分のことが嫌いだった。

けれどもそんな自分を、好いてくれる存在がいる。

そんな自分に、頑張れと言ってくれる存在がいる。

それは決して、そいつにとってメリットばかりがある訳でもないのに。

なんて、強いんだろう。自分は永瀬伊織を侮《あなど》っていた。

自分も同じように強くなりたい。

今度こそ、仮初めでなく本当に心の芯《しん》から強い、稲葉姫子になろう。

自分はそんな人間になりたい。

だから稲葉は、腰砕けになりそうな足に鞭《むち》を打つ。誰の手も借りず自分一人の力で立ち上がる。二本の足を、しっかり地面に縫《ぬ》いつける。ぴしりと背筋を伸ばす。両手を腰に当てて、言う。

自分を好きだと言ってくれた存在のために。

そして、自分のために。

「よし……、わかったよ！　もう……後悔してもしらねえぞ……！　アタシを……舐めるんじゃねえ、ぞ……！　そこまで言うなら……完全無欠、完膚《かんぷ》無きまでに……お前を玉砕《ぎょくさい》して勝利して……やるよ！　もちろん後腐れもなにも一切残さずにな！」

途中で泣きそうになって何度もつっかえたが、ちゃんと最後まで言えた。伊織からも、目を逸《そ》らさなかった。恋敵で、戦友で、親友である伊織からだ。

伊織は真っ直ぐこちらを見つめ返していた。そして稲葉の言葉を聞き終えると、ふわりとやわらかく微笑《ほほえ》んだ。

女の自分でも、恋に落ちてしまいそうなくらい魅力的な笑みだった。

「言っとくけど稲葉ん、わたし負ける気も譲る気もないから。つーか、このわたしに勝てると思ってるの？」

そう言って、今度は生意気なクソガキのように笑う。

稲葉も釣られて笑った。こんな風に笑えたのは、いつ以来だろうか。

「可愛《かわい》いだけの女に勝つ方法なんてごまんとあるさ」

軽口を返してやる。ひっでー、と伊織は笑った。

「ただ……もし万が一アタシがお前に負けた時は……その時は、皆の関係が気まずくならないように、全身全霊をかけて尽力してやるよ。……特に太一が、困らないように」

やれる。自分ならやれる。やってやる。

だから、欲張りになってやる。

欲しいものは欲しいと言って手に入れてやる。

「頼んだ。わたしも、頑張ります」

そこまできてやっと、この『欲望解放』現象が起こってから初めて、心の緊張が解けた。

ずっと緊張しっぱなしだったから、脱力のあまり倒れてしまいそうだ。

「つーか伊織……お前って、結構激しいヤツなのな」

結構意外だった。どこからどこまでが、『欲望解放』のせいかはわからないけど。

伊織は虚《きょ》を突かれたような顔をする。そして考え込むようにしながら呟く。

「それが……『わたし』なのかな？」

「……どうだろうな。でも少なくともさっきまでの言葉は、伊織の心の底からの叫びに、思えた」

伊織は微笑みながら、ゆっくりと頷いた。

「あ……そういやわたし、いつから『欲望解放』になって、いつ終わったんだ……？」

伊織にも悩んでいることがある。強さだって持っているが、基本的に振れ幅の大きい奴だ。今度は伊織のために、自分がなにかしてやらねば。稲葉がそう思った。

その時、
目の前の伊織から突然表情が失われる。

通常の人間が行える度合いを超えた無表情がそこにはあった。

いつも自分は、この無表情を後藤龍善の顔で見ている。

「いやあの……勘違《かんちが》いしないで下さいよ……」

気怠げにそいつは、永瀬伊織の姿をしたそいつは、――〈ふうせんかずら〉は言った。

「ふっざけんなよ……、なにしに出てきたんだよ、テメエ」

実際に自分が見た訳でない。でも太一から聞いた。伊織に乗り移った〈ふうせんかずら〉が川に飛び込んだということを。体を乗っ取り、伊織を命の危機にさらしたということを。

「いや本当に……出てくるつもりはなかったんですけど……なんというか……早く教えてあげた方が面白い……もとい、いいかなぁ……、と」

「意味がわからねえんだよ」

今にも、頭の血管が破裂《はれつ》しそうだ。

「いやいやまあちょっと面白くしようとするだけなんですから……あれ、説明になってない？　……まあ、いいですね。それで本題なんですけど……八重樫さんが落ちたんですよ、勝手に」

頭の中が真っ白になった。

「本当に……僕はなにもしてないんですよ……。なのに……なんでしたっけ……自己犠《じこぎ》牲《せい》野郎？　って本当に凄いですねぇ……。僕なら計算して加減しますけど……当然八重樫さんはそんなことしてないですからねぇ——あ」

稲葉は走り出した。

全力で来た道を引き返す。

伊織は放っておいても大丈夫か？　一瞬頭をよぎるが大丈夫だろう。奴の言葉を信じるのも癪《しゃく》だが、確かに〈ふうせんかずら〉は、こちらに敵意はないし悪意もない。ただ奴らの言う『面白い』が見られるようにするだけだ。気に入られているようだし、死ぬことはないだろう。

だがしかし太一はどうだ。

あいつはバカだ。真性のバカだ。誰かを助けるためだったらなんでもする。そんな奴の『欲望』が解放されればどうなるか。

落ちたと聞いてふいにあの場所のことが呼び起こされた。

崖があった。

いつの日か自分の言ったセリフを思い出す。

お前、今度こそ死ぬんじゃねえの？

どうしたらそうなるかわからないが、あのバカはとんでもない理由を平気でこさえやがる。

　だから稲葉は、全力で走る。

　肺が痛い。胸が痛い。喉が痛い。足が痛い。転んだ時に打ちつけた肘が痛い。

　途中で、なぜ自分はこれほど懸命に走っているのだろうと疑問に思う。それでも足の回転は止まらない。

　自分が今どれくらいの距離まで戻ってきているのか見当もつかない。方角が合っているのかすら危うい。効率性と確実性を考えるなら、一旦立ち止まるべきだ。頭の中の冷静な自分は言っている。

　それでも足は止まらない。もがき苦しみ足をもつれさせながら、次の一歩を前に踏み出す。

　満身創痍《まんしんそうい》。そう言えば聞こえはいいが、実際のところ自分は惨めなくらいボロボロな姿なのだろう。バカみたいに無様な挙動で走っているのだろう。なにも知らない人が見れば、笑うくらいに。

　格好悪い。情けない。すぐに立ち止まって斜《しゃ》に構えたい。バカだと思われたくない。弱いと侮《あなど》られたくない。強いと思われていたい。色んな感情が湧《わ》き上がってきて、けれどそれは一瞬で吹き飛ぶ。

外面なんて気にしてなんになる。笑いたい奴には笑わせておけ。今はただこの衝動に身を委《ゆだ》ねて進め。自分の欲望に正直であれ。正直であれと言ってくれた友人のためにも正直であれ。

進む。木の立つ間隔がまばらになってくる。先に光が見える。人の声が聞こえてくる。

そこまで来てぴたりと、己の足が止まった。

荒い呼吸が耳にうるさい。心臓の鼓動がバカみたいに大きい。

どうしたのだ？　自分にもわからない。けれど足は根を張ったようにぴくりとも動かない。

恐いのか？　そうだ恐いのだ。必死こいて出ていって、自分の手が必要とされなかったらどうしようと恐いのだ。こんな自分じゃ、見限られてしまうのではないかと思ってしまう。

それに今こんな姿の自分を見られるのも恐い。今の自分を見られれば、皆の中にある稲葉姫子の姿が変わってしまう。今まで築き上げた虚像《きょぞう》が崩壊する。壊れた中にあるのは、踏みつぶせそうなくらいに小さなものだとばれてしまう。

大したことない奴だと、必要ない奴だと、思われてしまう。

だいたい自分が出ていったからといって、太一をどうにかできる訳でもない。

また、――いい訳。

いい訳して、理屈作って。

そうやっていつも逃げてきた。本当の自分を出さないできた。傷ついても、それは上っ面の自分だから別に関係ないんだと誤魔化してきた。

でもそれは同時に、本当に自分が欲しいものを求めないことも意味した。

けれど今自分は。

自分に正直でありたいのだ。

自分のことを好きと言ってくれる人のためにも、自分に自信を持ちたいのだ。

だから、だから、だからだから、

稲葉姫子は走って前へと突き進む。

疲労の溜まった足はがくがくと震える。膝がバカになっている。だが進んだ。

明度が上がってくる。聞こえる声が大きくなる。唇を嚙み締めた。鼻で大きく息をした。

ついに元の開けた場所に戻る。

視線を左右に振った。ほとんどが昼食後の片付けも終え、ボールを使うなどして遊んでいる。何人かが自分に気づき指を差した。

そして視界の端に、ベンチの上でぐったりとする八重樫太一の姿が映る——。

八章

それを言葉にするということ

「でもね八重樫《やえがし》君。それはやり過ぎだと思うの」

寝転がる太一《たいち》の頭の側に座る、学級委員長、藤島麻衣子《ふじしままいこ》が言った。

「木の上に登って降りられなくなった子猫を助けるために、自分も木によじ登って、あまつさえ子猫が落ちそうになったらジャンプして抱きかかえ、自分が子猫の下敷きになって下に落ちるとか、もうフィクションの世界でしか見たことないわよ」

「んなこと言われても……」

流石《さすが》に自分だって、『欲望解放』がなければここまでのことはしなかったと思うが。

「とりあえず、怪我《けが》がなさそうでよかったわ。本当に、結構な高さがあったのにね。校外学習で怪我人を出したとなれば、学級委員長の名折れよ」

藤島は呆《あき》れたように大きな溜息《ためいき》をつく。

「……ご迷惑をおかけしました」

「でもなんだか、八重樫君がモテる理由がわかった気もするわ。どう考えてもおバカさんだけど、実際に見せつけられたらグッときちゃうもの。あ、私が惚《ほ》れた訳ではないから勘違《かんちが》いしないように」

私はそんなに軽い女じゃないのよ、と藤島は付け足してニヒルに笑った。

もう……ちょっとどうリアクションすればいいかわからない。

「ま、……あれ、稲葉《いなば》さんだわ。……うわ」

どこかに消えてしまっていた稲葉が戻ってきたらしい。太一も顔を向けようとするが、ちょうど藤島が邪魔になって確認できない。というか『うわ』ってなんだ。

「うーん……なんとなく、だけど……私はお呼びじゃない気がするわね……。愛の伝道《でんどう》師《し》としての勘が言ってるわ。……じゃあ消えようかしら。また後で、八重樫君」

「おい藤島……どういうことだ……？」

意味深な言葉を残し、藤島が太一の側を離れる。

「なんなんだよ……」

呟《つぶや》いていると、仰向けの太一を上から稲葉が覗《のぞ》き込んできた。

「お、稲――」

太一は声をかけようとして、止まった。

稲葉の顔は汗でびしょびしょに濡れている。髪が乱れて何本も頬《ほほ》に張り付いている。

荒く息を繰り返す顔はぐちゃぐちゃだ。

全身も大変なことになっていた。転んだのか、黒のセーターに枯れ葉や木の屑《くず》が付着している。更にどこかに引っかけてしまったのか、腕のところが一部ほつれてしまっていた。

そしてなにより、稲葉姫子《ひめこ》の目から、光る滴《しずく》がこぼれ落ちていた。

今まで一度も、太一は稲葉本人が、涙を流しているのを見たことがなかった。泣きかけ、ならばあったけれど。永瀬《ながせ》が死ぬとかそんな話になっても、皆のために、泣かずに気丈に振る舞っていたのに。

そんな稲葉が、目を真っ赤にして鼻を啜《すす》って泣いている。

どれだけ自分は、稲葉を心配させてしまったのか。

太一は必死に体を起こしながら謝った。

「スマン稲葉！　だっ、だから泣くなよ、な！　俺は全然怪我なんて——うごおっ!?」

土手っ腹にエルボーを落とされた。かつてないほどの威力《いりょく》だ。

「おえええええ……！　がっ、がはっ……ちょ、お前、やり過ぎだろ……。今ので怪我したんじゃ……」

カレーを吐きそうになったが、なんとかそれは堪《こら》えた。

「はぁ……はぁ……。……死ぬかと思った……。お前はなにが——」

「心配させるなよバカ野郎がっ！」

そう言って稲葉は崩れ落ちた。

服が汚れるのも構わずに、稲葉は地面にべちゃりと座り込む。細い肩を震わせて泣く。

なんて脆《もろ》くて。なんて弱くて。なんて崩れそうで。なんて、――可憐《かれん》なんだ。

太一はそっと、稲葉の肩に手を置く。壊れないようにそっと。

やがて涙を拭《ぬぐ》い、稲葉は小さな声で呟いた。

「……これが終わって学校に戻ったら……話があるから東校舎裏に来てくれ」

■□■□■

時間が来て、バスに乗り、稲葉達は学校まで帰る。あまりのなりにどうしたんだと尋ねてくる奴もいたが、適当に受け流した。

解散の号令があってから、稲葉は伊織《いおり》を捕まえ、自分がどうするつもりなのかを話した。伊織は静かに頷《うなず》いて「頑張れ」と言ってくれた。「本当にいいのか？」と尋ねると、「圧倒的優位者の余裕です」と抜かしやがった。あの野郎。でも心の底から、「ありがとう」と伝えた。

本当に、永瀬伊織と友人になれたことを誇《ほこ》りに思う。それもおまけに伝えると、「い、稲葉ん……キャラじゃないよ……。そしてなんだか……恥ずかしい、恥ずかしぃ～！」と叫びながらどこかに消えてしまった。『欲望解放』でなければいいのだが……。

なんだかんだとやっていると、思ったよりも時間が経《た》ってしまった。律儀《りちぎ》な奴だからあいつはずっと待っていてくれるだろう。申し訳ないことをした。

稲葉は、東校舎裏へと足を向ける。私服で歩く校内は、少し変な感じがする。角を曲がって、目的地に辿《たど》り着く。いた。

こちらに背を向けて立っている。

歩くスピードを若干緩《じゃっかんゆる》める。

……若干のつもりが、知らず知らず、忍び足になっていた。バカか。これから声をかけるというのに。なんだか声をかけづらくなってしまうじゃないか。

距離が縮まる。

まだ気づかない。

距離が縮まる。

まだ気づかない。

パキン。

木の枝を踏んづけて折ってしまった。

心臓が止まるかと思った。

その音に気がついて、八重樫太一が振り返った。

「お、……おう、稲葉」

少々ぎこちなく声をかけてから、太一がこちらに駆け寄ってくる。

来るな。

走るな。

こちらから近づいているんだからじっとしてろ。

頭の中を理不尽《りふじん》な要求が駆け巡ったが、そんなものお構いなしに太一は近づいてきて、止まった。

距離は目算で、一メートルと少し。

これが今の、二人の距離。

……なにポエムみたいなことを言っている。バカか。

「話があるんだよな？」

太一が尋ねてくる。

少しは待て。こっちにも心の準備があるだろうが。

真正面から太一を見つめる。息を吸い込む。そして――、
なぜか言葉が、出てこない。

一旦太一から視線を外す。

どうした、なぜだ？

この場まで来て、怖《お》じ気《け》づいたのか。

けれど言わなければ進まない。言葉にしなければなにも伝わらない。自分で言葉にしていないのに、それをわかってくれないと八つ当たりするのは、筋違いも甚《はなは》だしい。

だけど。

自分が今言おうとしていること。それは今ある関係を決定的に一度破壊する。一回言ってしまえばもう後には引けない。自分や周りの人だって傷つく、そんな可能性すらある。

そしてなにより、自分という人間が否定されることになるかもしれないのだ。自分を否定されて、自分は立ち直って歩き出せるかどうかわからない。

リスクはある。痛みも伴《ともな》う。

でも。

もう、決めたのだ。

自分の思いを、伝えるだけだ。それで終わりだ。恐くても言う。ちゃんと自分をさらけ出す。逃げない。隠れない。諦《あきら》めない。怯《おび》えない。さて……なんて言えばいいのか。あれ、思えば考えていなかった。どこから説明する？　どれだけ説明する？　この気持ちはどうすればわかって貰《もら》える？　一文？　一言？　理由は？　言い訳は？　どうすれば表せる。なにをすれば表せる。混乱してきた。頭が回る。血が脈打つ。もう訳もわからなくなってきた。思考が崩壊する。論理が意味をなくす。でも早く言わなければ。焦《あせ》る。もう文章を考えている余裕もない。その文章を言う自信もない。じゃあもういい。一つでいい。一番大切なことだけでいい。三文字か。三文字でいい。三文字だけでいい。三文字だけでいいから口が動いてくれ——。

「……好きだ」

ああ、やっと言えた。

■□■□■

太一は、人生で最も重い三文字を受け取る。三文字だけなのに、全ての思いが伝わってくる切実な告白だった。同時に、様々な疑問が脳裏《のうり》を駆け巡った。

嘘《うそ》だろ？　なぜだ？　どうして今になって？　永瀬のことは？　永瀬とずっとくっつけようとしていたのに？　他の関係はどうなる——？

もしかしたらそうなんじゃないかと思う時は、確かにあったのだ。

ごくわずかだったけれど。自分だって、勘違いしたくなる程度の願望《がんぼう》はある。

でもそれは、自分の思い上がりであろうと思っていたのだ。

だって、自分のいったいどこを稲葉が好きになるというのだ。明らかに、稲葉の方ができる人間なのに。

別に自分や永瀬や他の人間が劣っているという訳ではないが。でもやっぱり、稲葉が一つ大人の段階にいるような気がしていた。

だから、そんなことはないだろうと思い続けていた。

稲葉はある意味自分にとって、一つの尊敬の対象だ。もちろん稲葉だって完璧じゃない。弱さだって併《あわ》せ持っている。それはわかっている。わかっていたけど、稲葉は自分にとってやっぱり凄《すご》い存在なのだ。色んなことを教えてくれる。そんな稲葉に、自分はなにを与えることができる。そう思っていた。思い込んでいた。

自分はやっぱり、わがままに自分のことしか考えられていない人間だった。

自分は人の気持ちを、本当の意味で考えたことがあっただろうか。

自分の理想とか。自分の願望とか。自分の正しいと思うこととか。そういうことを押しつけてばかりではなかっただろうか。

体を震わせ、目を背け、緊張したように、酷《ひど》く怯えるように、ずっとずっと押し黙って、たった三文字の言葉を懸命に伝えてくれた稲葉を見て思った。

今まで自分は気づかなかった。これほどまでに思ってくれていたのに。

言ってくれなきゃわからない。それも一意見だ。でもだからと言って、それで自分が思い至らなかったことを正当化していいと思ったら大間違いだ。もっとちゃんと相手を見て、生きていかなくてはならない。それができる人間になろう。自分一人で生きているのではないのだから。

と、太一は我に返る。

目の前で、稲葉が顔を真っ赤にして目を伏せて震えている。

不味《まず》い。まだなにも返事をしていない。いつまで待たせているのだ。

衝撃《しょうげき》が大き過ぎて、思考回路の一部が停止してしまっていた。焦る。頭はパニック状態だ。永瀬の姿だとか、文研部《ぶんけんぶ》のことだとか、クラスのことだとかが頭に渦巻《うずま》く。色んな選択肢があって、それから想定される事態が無数にあって、その全てが自分達に大きな影響を——。

ふと、稲葉が顔を上げた。

涙目で、震えていたけど、切れ長の瞳《ひとみ》から放たれる視線は、真っ直ぐに太一を捉《とら》えていた。

この世の全ての要素が吹き飛んだ。

ただ真っ直ぐに稲葉の気持ちを受け止めて、そして自分の気持ちを返そうと思った。

太一は、口を開く。

「俺は……、お前に……稲葉に好きだと言って貰えたことが本当に嬉《うれ》しい。本当に、心の底から誇りに思う」

一度言葉を切る。

そして続ける。

「でも今は……やっぱり永瀬のことが好きだ」

今の自分は、あの笑顔の横にありたいと思う。

一呼吸分、間があった。

どんな反応が返ってくるのだろうと思っていたら、稲葉はあはは、と快活《かいかつ》に笑った。

くしゃりと歪《ゆが》んだ、でもとびっきりに最高の笑顔だ。

「そうか……。わかってたよ。でも……『今は』ってことは、逆転の可能性があるってことだろ？」

今度はにんまりと勝ち誇ったような笑みを浮かべる。

「い、いや……、そんなつもりで言った訳じゃないんだが……」

「でもまあ実際、まだお前らは付き合っている訳ではないし、第一、伊織が自分にとっての一生の伴侶《はんりょ》です、なんてことも、ある訳ないしな。所詮高校生の恋愛だ。いくらだって割り込めるさ」

続いてこの上ないイタズラを思いついた悪ガキのように笑う。

「ああ後、伊織にはもうアタシがこうすることは言ってある。だから安心しろ。正々堂々勝負しようということになっているから、お前は変に気を遣う必要なんてない。自分の好きなようにやってくれ。後はこっちでなんとかするよ」

「おっ、おい待て！　話が進み過ぎだ！　どっ……どういうことだ⁉　まるで永瀬と稲葉の二人で俺を奪い合うみたいな——」

「まさしくその通りさ。頼むぜぇ、八重樫太一。こんな最高の女二人を惚れさせたんだからな」

舌を出し、意地が悪そうな悪人面で、笑う。

「ま、待て！　待て待て待て待て！　……困る！　とにかく困る！　困る！　ホント、どうしたら……いいんだよ……！」

「アタシに聞いてどうする、バカ」

言いながら、稲葉は一歩二歩と近づいてきた。ぶつかる寸前で立ち止まる。

稲葉が左手を太一の右肩に置く。己の顔を太一の左耳に近寄せる。

もうくっついているんじゃないかというくらいの超緊密接近。稲葉の熱い吐息《といき》が太一の耳朶《じだ》を包む。

「今に見てろ。腰砕けになるくらいアタシに惚れさせてやるよ」

稲葉の声が脳髄《のうずい》に直接響く。稲葉に侵《おか》されているようだ。

「一回勝手にやられてるからなぁ。……もう二回目やろうが一緒だろ？」

ぐいと顎《あご》を摑《つか》まれる。稲葉の顔が近づいてくる。艶《つや》のある黒髪。切れ長で大きな瞳。長いまつげ。

唇《くちびる》と唇が、触れる。

熱い。やわらかい。

それを感じた瞬間すぐに唇は離れた。

「……まず、先制攻撃だ。来週から部室行くんでよろしく」

蠱惑的《こわくてき》に微笑《ほほえ》んで、稲葉はぺろりと唇を舐《な》めた。

正直、……ときめき過ぎて死ぬかと思った。

■□■□■

茫然《ぼうぜん》自失《じしつ》の太一に背を向け、稲葉はその場から去る。

悠然と、優雅《ゆうが》に、心臓が今にも張り裂けそうなことを、気取られないように。

しかしいくら思っても、自然と急ぎ足になるのは止めようもなかった。

それでも走り出すことだけはなんとか我慢し、校舎の角を、曲がる。

その瞬間稲葉は駆け出した。

走る。走る。走る。これほど速く走ったことがあっただろうかというぐらいのスピードで走る。

というか今日は走り過ぎだ。インドア派なのに。しばらく筋肉痛で酷いことになるのは確実だ。どうでもいい。

北校舎の陰に逃げ込んだ。

一秒で周りに人がいないことを確認し、座り込む。

「あ〜〜〜〜〜〜〜〜、はず〜〜〜〜〜〜〜〜、死ぬ〜〜〜〜〜〜〜〜〜〜〜〜〜、キスしちゃった〜〜〜〜〜」

一人で地面に向かって叫び、その後吹き出した。

「あはっ、ははあっはははははっは」

口に太一の感触が残っている。どうしよう。拭う？　舐める？　唾《つば》を吐く？

体が熱い熱い熱い熱い熱い。胸が苦しい苦しい苦しい苦しい。なんか吐きそう。最早《もはや》吐きそう。これが『恋』か……？

感情に全てが支配される。理性的でいられなくなる。ただクソみたいにバカになる。

ああ、でも。

案外――、悪くない。

終章　稲葉姫子の逆襲

「いってきます」

朝、そう言って稲葉《いなば》は玄関の扉に手をかける。

ちらりと後ろを振り返ると、階段のところで大学生の兄が怪訝《けげん》な顔をしていた。

「……姫子《ひめこ》。お前って朝いつも無言で出ていってなかったっけ？」

「うるせーよ、バーカ！」

扉を叩きつけるように閉め、外に出た。

だんだん朝の空気が冷たくなってきているが、今日は空が澄《す》み渡ったいい天気だ。日中は暖かくなるだろう。

校外学習から一週間経《た》った頃、またなんの前触れもなく〈ふうせんかずら〉が文研部《ぶんけんぶ》部室に現れた。当然の如《ごと》く、一年三組担任、後藤龍善《ごとうりゅうぜん》の姿で。

内容はいたく簡潔だった。

曰く、あんまり面白くなくなってきたし、そこそこ面白いこともあったので終わる、だそうだ。

それでこのクソみたいな現象は終わった。

なにが「皆さんなんか結構慣れてきちゃって……、抵抗力つきましたからねぇ……」だ。呆《あき》れてものも言えなかった。もうどうにもならな過ぎてどうでもいい。

また次はあるのだろうか。……ありそうな気がしてならない。今度こそは徹底的な対抗策でも練《ね》って、あの野郎を潰《つぶ》してやろうか。

まあ実際の話、厳し過ぎて勝算は全く見えないのだが。

でも、また〈ふうせんかずら〉の引き起こす謎《なぞ》の現象が襲いかかったとしても、なんとかなる、なんとかする。

……まるで太一《たいち》みたいだな、と思って少し笑った。

つーか、そこの奴ら。往来《おうらい》で一人笑いしているからって、こっち見て眉《まゆ》をひそめるな。そこまで笑ってねえだろ。……笑ったんだろうか。

いつもの通学路を行きながら改めて考える。

どうして自分は太一のことを好きになったのだろうか。

一番よく喋《しゃべ》る男子だから？

なんでも誰《だれ》でも身をなげうって助けようとする奴だから？

自分も助けられたことがあるから？

どれもしっくりこない。もう少し深く考えてみよう。

自分で言うのもなんだが、自分は結構、性根《しょうね》の曲がった人間である。損得勘定《そんとくかんじょう》で動いてしまう。隙《すき》を見つければ、その隙を突いてやろうと思ってしまう。

自分がそんな人間であるから、周りの人間も同じなんじゃないかと考えてしまう。損得勘定で動かれてしまうんじゃないか。隙を見せれば、その隙を突かれるんじゃないだろうか。そう思ってしまう。

だから己に強固な壁を作った。

なにせ自分は、臆病《おくびょう》だから。

だから人より情報を集めて優位に立とうとする。だから強く見せて誰にも攻撃する意思を持たれないようにする。だから自分の殻《から》に閉じこもる。

閉じこもれば、確かに問題は起こらないのだ。例えば——今回の現象に対する唯《ゆい》のように。

自分はたぶん、ずっと、心の中がそんな感じだったのだろう。おかげで臆病な割に、あまり恐い目にあった記憶もない。

でも、閉じこもった状態で得られるものは本当に少ない。だって本当に自分の求めたいものを求められないことも多いのだから。それがそこにあっても、傷つくのを恐れて手を伸ばさないのだから。

結局、失ってばかりになる。けれどそこに痛みを伴《ともな》わないから、失っていないような気がしてしまう。

でも本当は失っているのだ。

たくさんのものを、大切なものを。

ありのままの自分をさらけ出して生きていくのは、やっぱり苦しいし、しんどい。守るものがないから、体に生の傷がつく。外面についた傷だからと、誤魔化《ごまか》すこともできない。けれど生の体だから、感じる温かさも、それはまた格別なものになる。

まあ、ハイリスクハイリターンという話だ。

自分は今まで、本当の自分を出してこなかった。本当の自分とは醜《みにく》いもので、本当の自分じゃ誰にも相手にされなくなると思っていたから。

そんな時、八重樫《やえがし》太一という丸腰の人間に出会った。

恐いくらいに真っ直ぐで、恐いくらいに正直で、恐いくらいにありのままの自分で勝負していた。

なのにそいつは、圧倒的な強さを誇《ほこ》った。稲葉姫子など話にもならなかった。

憧《あこが》れたのか？　少し違う。

その秘密を知りたい？　こっちの方がまだ馴染《なじ》む。

なにより、ありのままで、自分を信じて勝負しようと思える太一を羨《うらや》ましく思った。

だが当然、所詮ただの小娘である稲葉姫子に把握《はあく》できることなど、大したことじゃない。もしかしたら丸っきり見当違いの考えをしているのかもしれない。

ただ自分は、そう思っている。

昔は自分一人の世界を守っていられればよかった。けれども文化研究部《ぶんかけんきゅうぶ》に入って、それじゃダメだと気づいた。自分はあまりにも多くのものを知らなかったし、このままじゃ一人取り残されると思った。だから少し、自分の世界を広げてみようと考えた。

この五人までを、自分の世界に含めようと思った。

その世界が、大好きになった。

幸せだと、実感することができた。

そうやっている内に、本当の自分でその世界に触れてみたくなった。外側にある殻を取り払って、もっと直《じか》に感じてみたくなった。絶対にその方が、もっともっと幸せだと思えるから。

そして、殻を持たず、また他人の殻も必要とあらば打ち破って直に触れ合おうとしてしまう太一に、興味を持った。

たぶん、そんな感じ。

無理矢理理由をこじつけてみたが……、本当に正しいのだろうか。

もしかしたらそれはもう全く理論とかでは計れないものの可能性もある。

つまりはただ、なんとなく。

女としての本能が、疼《うず》いたとか。

自分はなんでも知っているフリをしてきたけれど、本当はわからないことだらけだ。下手《へた》すりゃ文研部の中で一番なにも知らないかもしれない。ずっと、閉じこもってきたから。

　男だらけの兄弟の中に育ったというのもあるが、なによりもか弱き女の子であるのが恐くて、男勝《まさ》りに振る舞ってきた。舐《な》められると、隙を突かれやすくなると思っていた。

　でもちょっとだけ、女の子らしくしてみるのも悪くはないかもしれない。

　また新たな世界が広がる気もする。

　まあ、今更変えられないとも思うが。

　なにもできず守られることしかできない、『姫』という存在が嫌いだった。それに、必要以上に内に踏み込まれるような感じも嫌で、家族以外には誰に対しても『姫子』と呼ばれるのを拒否してきたけど、手始めにそれを認めてやろうか。

「姫子」

　小さく小さく自分で呟《つぶや》いてみる。

　……かなり違和感がある。もう少ししてからにしよう。

　学校が見えてきた。道を歩く人の数も増えてくる。

　さて、『欲望解放』のこともあったし自粛《じしゅく》していたが。そろそろエンジンをかけよう。本気を出そう。全力でもって攻め込んでやろう。自分が求めたいものを求めてやろう。

　欲しいものを欲しいと言える、欲張りな自分になろう。

　そして自分を好きになるのだ。

　相手を好きだと言うには、自分のことを好きでなければならない。

自分を嫌いな人間が、自分を好きになってくれと言えるはずがない。

初めての恋だ。

譲《ゆず》ってどうする。

今ここに、稲葉姫子の逆襲劇《ぎゃくしゅうげき》を始めよう。

ハンデはでかいが、ちょうどいいくらいだ。こちらがいくら言ってもちんたらしてるような奴らなのだから。いくらゴール前でも関係あるか。大外《おおそと》一気でぶち抜いてやる。

負ける気なんて一切しない。

ただがっつくつもりだけはない。必死に縋《すが》るなんて自分のキャラじゃない。計略と策略を駆使《くし》してあいつを骨抜きになるくらい惚《ほ》れさせてやろう。それが自分のやり方だ。

でも、負けた時は潔く諦《あきら》めよう。

だってそれは悲しいことじゃないから。恋は破れても、まだ自分の周りに太一がいて伊織《いおり》がいて唯がいて青木《あおき》がいることに変わりはないはずだから。

この仲間の絆《きずな》は、自分が必死に守ろうとしなくても、大丈夫。ずっと繋《つな》がっていられる。

さあ扉を開け。ならば道は見えてくる。自分は今まで知らなかった、でも今は知っている。求めれば、飛び出せば、色んなことがわかるのだ。

例えば最近、わかったこと。

人間は、疑うものでも、恨《うら》むものでも、嫌うものでも、疎《うと》むものでも、避けるものでも、忌避《きひ》するものでも、憎むものでも、拒《こば》むものでもない。

愛し愛されるために、生きている。

ココロコネクト　キズランダム　了

あとがき

本書を手に取って頂き、誠にありがとうございます。

庵田定夏《あんださだなつ》です。

本作は『ココロコネクト』シリーズ二巻目、私にとっても二冊目の作品となっております。

先にシリーズ一巻目に当たる『ココロコネクト ヒトランダム』を読んで頂いた方が、より本書を楽しめると思いますので、未読の方はそちらもよろしくお願いいたします。


では、ここからは一巻を既読《きどく》の方へ向けてのあとがきを。

もう本文をお読み頂いた方は言わずもがな、あとがきから読まれている方もタイトルの時点でお気づきかもしれませんが、一巻と違い、人格は入れ替わりません。

そういった展開を期待されていた方には、ごめんなさい。

でも、一巻で活躍《かつやく》してくれた彼らは、この巻でも懸命《けんめい》に頑張ってくれています。

もしよろしければ、彼らのことを温かく見守ってあげてください。

一人でも多くの方に、彼らの成長を見届けて頂ければ、作者としてこれ以上の喜びはありません。

　さてさて、またやたらとページ数の多いあとがきとなっております。

　ネタなしで乗り切るのは難しいので、今回はカバーの袖《そで》にある著者《ちょしゃ》プロフィールを話のとっかかりにしてみたいと思います。

　私は好きな食べ物を『麺《めん》類全般』、好きなプロレスの技を『シューティングスタープレス』と明記させて頂きました。

　ここで少々お聞きしたいのですが、皆さんの好きな食べ物はなんですか？

　もしくは好きなプロレスの技はなんですか（プロレスの技になんて興味ねーよというクレームはなしでお願いします）？

　ばしっと『これだ！』という好きな食べ物を瞬時《しゅんじ》に言える方、ちょっと羨《うらや》ましく思います。

　ばしっと『これだ！』という好きなプロレスの技を瞬時に言える方、気が合いそうですね、今度語り合いましょう。

　……。

　プロレスの話をすると論点《ろんてん》がずれそうなので、ちょっと脇《わき》に置いておきましょう。

　まあなんの話かと言うと、ものによれば、一番好きなものを挙《あ》げるのって案外難しくないですか、ということです。

　しょっちゅう、とまではいかずとも、皆さんにもプロフィールを書いたり、自身について他人に尋《たず》ねられたりする機会があると思います。

その時、例えば『好きな食べ物はなにか』という問いに対して、皆さんは毎回同じ答えを返していますか？

正直、私はしていません。

だって、食べ物ってだいたいおいしくないですか？

和食《わしょく》だろうが、中華《ちゅうか》だろうが、イタリア料理だろうが、スペイン料理だろうが、それぞれに違った魅力《みりょく》とおいしさがあります。

主食《しゅしょく》だろうが、主菜《しゅさい》だろうが、副菜《ふくさい》だろうが、デザートだろうが、それぞれに違った役割とおいしさがあります。

というか、食べ物ってだいたいおいしいですよね（二回目）。

その中で『これだ！』という絶対的な一番を決めるなんて無理な話です。

ですから、『好きな食べ物はなにか』という問いに対する答えは、その時置かれた状況や気分、体調によって大きく変化してしまいます。

そんな事情もありまして、色々迷ったあげく今回私は、好きな食べ物を非常にざっくりと『麺類全般』にしてみた訳です。

はい、結局なにが伝えたいことなのかよくわかりませんね。

では端的《たんてき》にまとめておきましょう。

「著者プロフィールのところに好きな食べ物『麵類全般』って書いたからって、こいつは麵類を食わせておけば大丈夫かなんて思わないでね！　寿司《すし》も肉も好きだよ！　ちなみに奢《おご》られる時は高いものの方が喜ぶよ！」


以上が結論になります。

自分で書いておいてなんなのですが、このあとがき、誰が得をするんでしょうか。

私以外に思い当たりません。

こんなことを書くなら、初めから著者プロフィールに余計なこと書くなよ、と思わなくもない今日この頃です。

いや、もしかしたらこのあとがきから、『問いの種類によれば、それに対する答えは話半分に聞くべきである』という教訓を得た、なんて方がいらっしゃるかもしれません。

……いればいいなぁ、と思っています。


それでは謝辞《しゃじ》です！

まずは前巻を購入《こうにゅう》してくださった方、それだけでなくアンケートハガキを送ってくれた方、ネットで感想を書いてくれた方、口コミをしてくれた方、ファンレターを送ってくれた方（ありがとう。大切に保管しています）、全ての方の応援があってこそ、二巻を出すことができました。

この場を借りて感謝《かんしゃ》申し上げます。

それから本書が出版されるまでに関わってくださった全ての皆様方、まとめてではありますが、同じく感謝申し上げます。

特に担当様にはご迷惑をおかけしました。

今後ともよろしくお願いします。

そして今回も、最高に素晴《すば》らしいイラストを描いてくださった白身魚《しろみざかな》様、本当にありがとうございます。

これほど『ジャケ買い』という言葉が似合うイラストも珍《めずら》しいんじゃないかと思っております。

少しでもイラスト負けしない作品になっていれば幸《さいわ》いです。

最後に、改めてこの本を手に取ってくださった読者の皆様に最大限の感謝を。

またどこかでお会いできれば光栄《こうえい》です。

二〇一〇年四月　庵田定夏

ありがとうございました♥
INABA & IORI♥

●ご意見、ご感想をお寄せください。
ファンレターの宛て先
〒102-8431 東京都千代田区三番町6-1 株式会社エンターブレイン ファミ通文庫編集部
庵田定夏 先生　　**白身魚 先生**

●ファミ通文庫の最新情報はこちらで。
FBonline **http://www.enterbrain.co.jp/fb/**

●本書の内容・不良交換についてのお問い合わせ。
エンターブレイン カスタマーサポート **0570-060-555**
(受付時間 土日祝日を除く 12:00～17:00)
メールアドレス：**support@ml.enterbrain.co.jp**

ファミ通文庫
ココロコネクト キズランダム

二〇一〇年六月一〇日 初版発行
二〇一二年六月七日 第一六刷発行

著者 庵《あん》田《だ》定《さだ》夏《なつ》
発行人 浜村弘一
編集人 森 好正
発行所 株式会社エンターブレイン
〒一〇二-八四三一 東京都千代田区三番町六-一
電話 〇五七〇-〇六〇-五五五(代表)
発売元 株式会社角川グループパブリッシング
〒一〇二-八一七七 東京都千代田区富士見二-一三-三
編集 ファミ通文庫編集部
担当 宿谷舞衣子
デザイン アフターグロウ
写植・製版 株式会社オノ・エーワン
印刷 凸版印刷株式会社

定価はカバーに表示してあります。

あ12
1-2
943

ISBN978-4-04-726537-0